悪役王女は婚約者に溺愛されました

目次

イラスト／芦原モカ

序章

大陸の南に位置する、麗しい女王の国、ルジアーナ。

そのルジアーナ王国第一王女、カルディナ・ルジアーナは、深紅の薔薇《ばら》の花のように美しい外見に相応《ふさわ》しい、鋭い棘《とげ》を隠し持つ稀代《きたい》の悪女である。

そんな噂《うわさ》が国内どころか周辺国にまで広まった当時、王女はまだ十代の少女だったという。

曰《いわ》く、気に入った貴族の青年を誘惑した上、その婚約者の令嬢を暴漢に襲わせ、傷を負わせて社交界から締め出した。

曰く、非合法ないかがわしい薬物を愛用し、淫らな遊興に耽《ふけ》っている。

曰く、気に入らない貴族を謂《い》われのない罪で陥れ、財産や爵位を取り上げたばかりか、その家族まで市井に放逐し路頭に迷わせた。

曰く、気の毒にも王女の不興を買った人々は生活に困窮し、食うに困って妻や娘を泣く泣く娼館に売った者もいる。

曰く、中には王女の命令で人知れず命を奪われた者もいるらしい……。

等々、噂の内容は他にも幾つか耳にするが、そのいずれにも共通していることはカルディナ王女の身分や権力を笠に着た非情かつ悪辣な行いであると言われている。

噂を耳にした多くの者は、まだ年若い娘であるにもかかわらず、あまりにも残酷な王女の行いに眉を顰《ひそ》め、そして嫌悪を抱《あ》く。

今や歴代で最も愚かで罪深い悪しき王女だと囁《ささや》かれる始末だ。

そのお陰で幼い頃から決まっていた公爵子息との結婚も白紙に戻されたらしい。

ルジアーナ王女のそうした噂話《うわさばなし》は、無論東隣のベルスナー王国にも聞こえてくる。

だが、ベルスナー王国筆頭公爵家の当主であるヒューゴ・ロックウォードが親善大使としてルジアーナ王国で実際の王女に受けた印象は、世間に流れる噂とは異なるものだった。

「閣下。あちらの方が、カルディナ王女殿下でいらっしゃいます」

従者にそっと耳打ちされて目を向けた先には、一目で王女だと判《わか》る娘がいた。

「なるほど……確かに美しいな」

噂のとおり大輪の薔薇の花を連想させる優美さと華やかさの持ち主だ。

夏の朝日を集めたような輝く金髪と、同じく夏に大きく葉を揺らす深緑の瞳。

肌は雪のように白く、うっすらと施された化粧のせいか淡く真珠色に染まっている。

すっと通った鼻筋と、頬《ほお》の輪郭はまろやかで、淡く色づいたコーラルレッドの艶《つや》やかな唇に自然と目を引き寄せられる。

男であれば一度はあの肌や唇に触れてみたい……そんな衝動に似た欲望を抱いても不思議はない。

「……お美しいですが、近寄りがたい雰囲気の方ですね」

言葉を濁しているが、従者はあまり良い印象を抱かなかったらしい。

確かにどことなく人を近寄らせない雰囲気はある。

「他国の姫君に対して無礼だぞ。それにああいった雰囲気は気高いがゆえのものだ」

少なくともヒューゴは彼女に、噂に聞くような傲慢さよりも、一本芯の通った気丈さを感じた。

通常、国内外にも知られるほどの悪評を流されれば、並の女性ならば心を病む。

開き直っているのだとしたらもっと驕《おご》り高《たか》ぶっているだろう。

だがカルディナ王女からは、そのどちらも見受けられない。

この当時彼女は十八と、まだまだ若年だ。

そんな年齢でこれほど高潔な印象を与える姫となれば、それこそ並の男では夫は務まらないだろう。

さすがは大陸でも恐れられる、美しくも狡猾《こうかつ》なルジアーナ女王の娘、といったところか。

(我が国の王太子に、あの王女の夫の役割は務まるだろうか)

ヒューゴはこれから、そんな王女と自国の王太子との縁談を纏《まと》めなくてはならない。

（……惜しいな。王太子ではなく、自分が彼女の手を取ることができたら……）

ふと衝動的に脳裏に過ぎった想《おも》いを抱いた自分を恥じるように、細く息を吐き出す。

その時、まるでこちらの心の声に気付いたかのように、王女がこちらを向いた。

夏の深緑のような瞳と目が合う。

瞬間、胸の内で経験のない焼けるような熱を覚えた。

きっと自分は知らぬうちに軽く瞠《どうもく》目していたのだろう。

そしてそれはあちらも同じこと。

ほんの短い時間……それは恐らく数秒のことだったはずだけれど、確かに時が止まったような、そんな気がした。

「まさか、お近づきになるおつもりですか？」

「当たり前だ。こちらから我が国の王太子との縁談を持ちかけているのに、挨拶の一つもしないわけにはいかないだろう」

従者にはそう言ったが、それが建前であることは誰よりヒューゴ自身が自覚している。

まるで何かに引き寄せられるように、ヒューゴは一歩前に踏み出していた。

そう、悪女と名高い、夏の女神のような王女の元へ。

今は自分達ベルスナーの使節団一行を歓迎するために開かれた夜会。

親善大使たるヒューゴから女神に近づいても許されるはずだ。

王女はその場でヒューゴが自身の目前に膝をつく姿を、静かに見つめていた。

声掛かりを待つ彼に、頭上から高すぎることも低すぎることもない、凛《りん》とした声が聞こえたのはその数秒後のことである。

「どうぞお顔をお上げくださいませ、親善大使殿。あなた様のお名前を伺っても？」

「ヒューゴ・ロックウォードにございます。この度ベルスナー王国の親善大使を命じられ、貴国に参りました」

「ルジアーナ王国第一王女、カルディナにございます。王弟殿下のご子息であり、優れた武勲を誇る公爵閣下としても名高いあなた様の勇名は私も聞き及んでおります。この度の我が国へのご訪問を心より歓迎いたします」

微笑《ほほえ》みながら、臆することなく応じるその受け答えにヒューゴは確信した。

確かにその堂々とした振る舞いには気位の高さと同時に気の強さが窺《うかが》える。

それは多くの男達が好むような、淑《しと》やかで従順な女性像とは違っているかもしれない。

しかしだからこそ、決して噂のように恥を知らぬ姫とは思えない。

ヒューゴが目にした彼女は、確かに一国の王女に相応しい矜持《きょうじ》と品格の持ち主だった。

「姫君のお言葉に感謝いたします。恐れ多くも、どうか殿下のお相手を一曲務めさせていただける栄誉を賜ることをお許しください」

立ち上がり、恭しく手を差し出せば、なぜか王女は驚いたように視線を揺らがせた。

もしかするとダンスの誘いを受けるとは思っていなかったのかもしれない。

さり気なく周囲を窺うと、この場に居並ぶ人々が遠巻きに様子を見ているのが判る。

恐らくその噂のせいで、どれほど美しく麗しい姫君であっても、自ら近づく度胸のある者はいないのだろう。

王女は僅かの間、逡巡《しゅんじゅん》するように差し出されたヒューゴの手を見つめていた。

その彼女の様子は、気高い王女から一転してどこか純朴な少女のような印象を受ける。

だが王女はすぐににっこりと優雅な笑みを浮かべながらヒューゴの手を取ると、流れる音楽に合わせるように、ダンスフロアの中央へと彼を誘った。

「大使殿は勇気のある方でいらっしゃるのね。このような場で私にダンスを申し込むなんて、いくら外交でも無理なさらなくて良かったのに」

感心しているようでいて、どこか挑発的なその言葉に視線を向ければ、鮮やかな深緑の瞳が真《ま》っ直《す》ぐにこちらを見上げている。

光の加減によっては高価な宝石のようにも見えるその瞳に、静かに微笑み返した。

どうやら自分は、思いの外この王女に興味を抱いたようだ。

「無理はしていません。興味深いと思った女性をダンスに誘える機会を逃したくなかっただけです」

「それは光栄ですわ。でも迂闊《うかつ》に近づいて傷を負っても、私に責任などとれませんよ」

「あいにく私は軍人ですので。多少の傷程度、恐れはいたしません」

「勇ましいですこと。どうぞお身体はお大事になさってくださいね」

お互いにゆっくりとした音楽に合わせてダンスを踊りながら交わす会話は、どこか小気味よく感じた。

おかしな人ね、と言わんばかりに王女が笑った。

その大半は愛想笑いだろうが、取り繕った笑みの中にほんの一割……いや二割ほどの素直な彼女自身の笑みが含まれているように見えたのは、そうあれば良いと思ったヒューゴの願望のせいなのかもしれない。

第一章

『もう手を引きなさい。あなたは負けたのよ』

そう母である女王から命じられた時、カルディナにはすぐに応と答えることはできなかった。

その場で呆然《ぼうぜん》と立ち尽くす娘に女王は手を振ると、半ば強引に辞去させる。

どうやって戻ったのかも記憶にないまま自室へと入ったカルディナは、一人になりたいと侍女達を部屋の外へ出し、窓際へと歩み寄る。

磨き抜かれたガラスに映るのは、言葉にできない怒りと悔しさで泣き出す一歩手前のような自分の顔だ。

（お母様の仰《おっしゃ》るとおりよ。……なんて情けない）

頭の中に『どうかもう放っておいてください』と泣きながら訴えた友人の声が蘇《よみがえ》る。

愛する男に裏切られ、深く心と身体を傷つけられて絶望し、未来を夢見ることさえ諦めたその姿に、

「必ずあなたを傷つけた犯人を捕まえ、償わせてみせる」

と誓ったはずなのに。

結局カルディナはその誓いを果たせないまま、主たる犯人達を逃してしまった。

複数の令嬢を傷つけておきながら、まんまと自分の追跡から逃げおおせた犯人達は、ルジアーナから隣国のベルスナーへと逃げ込んだらしい。

後を追って捕まえてやりたくても、王女という身分では容易に国を出られず、他国に入ることもできない。

誰か人を送ろうにも、既に彼らは証拠不十分で釈放され、他国に人を送ってまで男達を追う理由がない。

諦めきれず、母にも直談判《じかだんぱん》したが、その返答が先ほどの言葉だ。

きっと今頃犯人達はまんまとしてやったと笑っているだろう。

それを思うと、悔しさと怒りで臓腑《ぞうふ》が煮えたぎりそうな気分になる。

「誰が終わらせてなどやるものですか。必ず追い詰めてやるわ。絶対に許さない」

独りごちながら、同時に考えた。

そのために自分に何ができるだろうと。

何か理由が必要だ……ベルスナー王国まで渡っていく大義名分が。

沸々と込み上げる怒りと悔しさを押し殺してカルディナは自分に言い聞かせた。

「焦っては駄目。今回の二の舞にならないよう、待たなくては。私の行いが間違っていなければ、必ず機会はやってくるはず。その時は……もう二度と逃がさない」

そのために今から静かに爪を研ぐ。

決して諦めない。他の誰が忘れても、決して自分は忘れない。

大切な友人を傷つけ、幾人もの令嬢を苦しめ、そして自身の矜持に傷を付けられた痛みと、身がよじれるほどの悔しさを。


ルジアーナ王国第一王女、カルディナがその身に「王女」という肩書きの他に「ルジアーナの悪女」という二つ名がつけられてからしばらく経《た》つ。

その二つ名のお陰でカルディナは多くのものを失った。

友人、信頼、名誉、幼い頃に定められた婚約者も、失ったものの一つだ。

そして今、また新たなるものが失われようとしていた。

それは夫となる人からの愛、とでも言うべきか。

「こんなお話はあんまりです！　今回の縁談はベルスナー側から持ち込まれたものだというのに……王太子に恋人ができたらしいなんて、こんな馬鹿にした話がありますか！」

憤りを隠しきれない様子で涙ぐみながら訴えるのは、カルディナの専属侍女、ニーナだ。

乳姉妹として育った彼女はカルディナの悪い噂に対して、本人以上に胸を痛めてくれる数少ない理解者である。

「あちらの王太子殿下からすれば、評判の悪い私を妻にするのだから、望んだ娘を愛妾《あいしょう》にしたいと願ったとして仕方のないことだと思うわ」

「その噂だって全部嘘《うそ》、でたらめじゃないですか！　姫様が悪い遊びに耽っている姿なんて、生まれてこのかた見たことありません！」

「まあ落ち着いてちょうだい、ニーナ……」

「大体、セドリック様も酷《ひど》いです！　姫様がそんな女性じゃないとご存じのはずなのに」

セドリックとはカルディナの元婚約者であるグラッツェン公爵子息の名だ。

「それも仕方ないでしょう？　突然の病で枕から頭も上がらないほど弱ってしまったと言うのだから」

「それが本当だとは思えません。姫様の悪い噂が流れたとたん、婚約者を庇《かば》う様子もなく、ご自分は病を理由にさっさと領地へ引っ込み、挙げ句に回復の見込みがないから婚約破棄、だなんて随分タイミングの良いお話ではありませんか」

セドリックとの婚約破棄が決まってからも散々話したことだが、まだニーナは納得できていないようで、不満そうに頰を膨らませる。

王女付きの侍女としてはどうかと思うけれど、自分のことでそこまで怒ってくれる人がいることは素直に嬉《うれ》しい。

正直なところカルディナも、セドリックが本当に病に倒れたのかどうかは疑わしいと思っている。その弱った姿を実際に見ていないからだ。

幾度か見舞いを申し出たけれど、王女に情けない姿を見せたくないと訴えられて、結局顔も見ないままに破談となってしまった。

人々は言う。公子の病は、角《かど》を立てないための単なる言い訳に過ぎないのではと。

カルディナも、恐らくそうだろうと思う。

「元々、グラッツェン公爵家の方は、噂が流れる以前から私との結婚に対して消極的だったもの。世間の批判を公爵家に向けずに婚約破棄できる良い理由になったでしょうね」

「女性側に事実確認もせず責任を押しつけるなんて……！」

ニーナの言うとおり、いささか卑怯《ひきょう》なやり方ではある。

だが世間が同情するのはセドリックやグラッツェン公爵家の方だ。

療養という名目で領地に帰ったという元婚約者とは、以来二度と会っていない。

きっとほとぼりが冷めた頃……恐らくカルディナが別の誰かの元へ嫁いだ後で、めでたく病は全快して改めて条件の良い令嬢と結婚するつもりなのだろう。

王女を始め、身分の高い令嬢の婚期は早い。酷い悪名でも、二、三年も待てば嫁ぎ先にも恵まれるだろうから。

「セドリックのことはもう本当にどうでも良いの。最初から想い合っていたわけではないし、王女の役目として受け入れただけ。それに、結果的にベルスナーへ行くことができるようになったわ」

「……でも」

「正直なところ私は、それ相応の身分にある人なら夫はどんな人でも良いの。私にとって大切なのはベルスナーへ行くことだから」

セドリックとの婚約が破棄となってしばらくして、新たな婚約が決まった。

相手は隣国、ベルスナー王国の王太子だ。

母から打診を受けた時の衝撃を覚えている。

カルディナがいつか必ずと待ち望んだ機会が、ようやく巡ってきたのだ。

それを思えばさっさと領地へ逃げ込んだセドリックに感謝したいくらいだ。

「だから大丈夫よ、ニーナ。心配しないで」

「……心配はします。するに決まっています。私は姫様がルジアーナの王女としてどれほどの努力を重ねてきたか知っています。なのに……本当にどんな夫でも良いと仰るのですか？」

幸せになってほしいのだ、と縋《すが》るような目を向けるニーナに胸の奥がチクリと痛んだ。

ベルスナーに行けさえすれば、相手はどんな男でも構わない。

本気でそう思っているはずなのに、ニーナの言葉に触発されるように脳裏にとある青年の姿が思い浮かんだのはどうしてだろう。

それは昨年、ベルスナー王国の親善大使としてルジアーナを訪れた青年だった。

名をヒューゴ・ロックウォード。

カルディナより六つ年上の、ベルスナー王国筆頭公爵その人である。

現ベルスナー国王の弟を父に持ち、母親はロックウォード公爵令嬢。

そして現在王太子に次いで王位継承権第二位を持つ立派な王族の一員だ。

国王夫妻も甥《おい》として大層可愛《かわい》がり、従弟《いとこ》の王太子も兄のように慕っている人物らしい
……というのは、親善大使の基本情報として事前に学んだことである。

第一印象を簡単に言うなら、真面目で堅物そうな武人、といった印象だ。

だが妙にその姿に目を惹《ひ》かれたことを覚えている。

高い身長と鍛えられた身体は逞《たくま》しく、凛々しく男らしい精悍《せいかん》な顔立ちの持ち主だった。

多少の堅苦しさはあったとしても、その立ち居振る舞いには育ちの良さを感じさせる優雅さがある。

何よりカルディナの印象に強く残ったのは、自分を見る目に軽蔑や差別の感情は一切なく、とても静かな眼差《まなざ》しをしていたことだ。

少なくとも彼は、噂を鵜呑《うの》みにしてカルディナを軽んじることは一切なかった。

落ち着いた深いダークブラウンの瞳はまるでどこまでも広がる大地のよう。

そこにあるもの全てを大きく包み込むような抱擁力を感じさせる瞳にもし情熱的に見つめられたら、どんな気分になるだろう。

そんならしくもないことを無意識に考えて、胸が高鳴るような高揚感を抱いたことをはっきりと覚えている。

そう、思い出すと今でも心が揺れるほどに……その感情を振り払うように小さく首を横に振った。

「良いのよ。私の望みは三年前の事件の決着をつけることだから」

カルディナにとってベルスナーの王太子との結婚は、その頃に起こった貴族令嬢連続暴行事件の犯人を捕らえるための手段でしかない。

「それにどうせあんな噂が流れた後では、どんな人の元へ嫁いでも歓迎されないでしょう。それならせめて望みが叶《かな》う場所へ行きたいわ」

「姫様……」

ニーナの泣きそうな顔に罪悪感を覚えないかと言えば嘘になる。

でも今それを嘆いても仕方ない。

本来裁かれるべき犯人達はベルスナーへと逃げ込んでいる。

きっと今ものうのうと何食わぬ顔で不自由のない生活を送りながら、ほとぼりが冷める時を待っているのだろう。

断罪される時を震えながら待てば良い……そう思っていたカルディナだけれど。

その輿入《こしい》れ先である、ベルスナー王国から緊急の親書がもたらされたのは、挙式まであと一年を二ヶ月ほど過ぎた、とある日のことだった。

「ベルスナー側から、諸事情により王太子との結婚はなかったことにしてくれ、とのことよ。言葉を濁しているけれど、どうやら王太子が駄々《だだ》を捏《こ》ねたようね」

親書が届いて間もなく女王の元へ出向いたカルディナに告げられたのは、彼女にとって二度目となる婚約破棄を告げる言葉だった。

正直驚いた。

王族の結婚は国と国との契約であって、そこに個人の感情は必要としない。

それを王太子が駄々を捏ねたくらいで、と。

「なかったことにとは……あちらから申し込んできた縁談だというのに？」

「あなたももう知っているでしょうけど、リオン王太子殿下に恋人ができたらしいの。愛する人を差し置いて他の女性とは結婚できないと宣言したそうよ。それも評判の悪い王女とはね」

「……まさか今更そんな理由で、私との縁談を拒否すると？」

「そのまさかよ。馬鹿正直と言おうか、本物のお馬鹿さんと言おうか。国と国との約束事をたかが男爵令嬢ごときを理由に反故《ほご》にするなんて、随分甘く見られたものね？」

声音こそ穏やかだが、言っている言葉はそれなりに辛辣だ。

それも仕方ない、こちらの顔に泥を塗られたようなものなのだから、怒りもする。

それにカルディナにとっても破談は都合が悪い。

これではベルスナーへ行けなくなってしまうと考えた時だ。

「ねえ、カルディナ。あなた、それでもあちらの国にお嫁に行くつもりはある？」

「どういうことです？　破談の申し出があったのでしょう？」

「違うわよ、完全にベルスナーとの縁談が破談になったわけじゃないの。結婚相手が王太子ではなくなったというだけで、代わりにあなたの夫にロックウォード公爵が名乗りを上げているようよ」

思いがけない人の名に、ドキリとしたのはここだけの話だ。

努めて何気ないそぶりで話の続きを促す。

「……ロックウォード公爵とは、昨年親善大使でいらっしゃった？　王弟殿下のご子息で、王太子殿下のお従兄の？」

「あら、あなたにしては珍しい反応ね、カルディナ。王太子との時より気があるように見えるわ。そうねえ、その公爵は良い男だったわねえ。とってもあなた好みの」

「お母様ったら、何を仰っているのやら」

母の軽口に「おほほほ」と上品に笑って返しながらも、カルディナは内心、嫌な動悸《どうき》と冷や汗に苛《さいな》まれていた。

この母は時々人知を越えた千里眼のような力でも持っているのかと疑いたくなる。

「ご冗談を。王太子が駄目だから公爵に、なんてそんなお話をお母様は本気で受けるおつもりですか？」

「まさか。未来の王妃と、筆頭とはいえ臣下に過ぎない公爵夫人とではお話にならないわ。どうしてもと言うのなら、こちらに未来の王妃の座を諦めさせる代わりにベルスナー側は何を用意できるのかしらね」

とにかく、ベルスナー側の最初の申し出は女王によって退けられた。

そして改めて王太子とカルディナとの結婚の履行と謝罪の要求を行う。

一歩も譲らぬルジアーナ女王の返答に、あちらはさぞ頭を痛めているに違いない。

決められた挙式までに十ヶ月程度の時間しかない。

「一体どうなるのでしょうか……」

本人以上に不安げな声を漏らすニーナにカルディナは小さく首を横に振った。

「判らないわ。でも時期が来ればお母様は当初の約束通り私を王太子妃としてベルスナーへと送りつけるでしょう」

「そんな。それでは姫様が針のむしろではありませんか」

「正直私も困るわ。せっかくベルスナーに行けたとしても、全く何一つ権限のない王太子妃にされては嫁ぐ意味がない。それくらいなら公爵夫人でも良いのだけど……」

「その、代わりのお相手の公爵様とはどんな方なのですか？」

「……そうね。感じの良い方だったわ。私の噂を聞いているはずなのに、嫌な顔一つしないで……」

そこでふと言い淀《よど》む。

王太子よりもずっと良さそうな印象だった、なんて自分は何を言おうとしたのだろう。

相手など誰でも良いと言ったのは自分だ、それなのに。

ふと視線を泳がせるカルディナに何を思ったのか、ニーナがその大きな瞳を不思議そうにパチパチと瞬かせる。

そうして、僅かの間の後、にんまりとその口元を綻ばせた。

「姫様が男性に対して感じが良いと仰るのは珍しいですね。望まれずに無理矢理王太子妃になるより、ひょっとして公爵夫人となった方がお幸せになれますか？」

「知らないわよ、そんなの」

常にカルディナの幸せを最優先にするニーナは、結婚前から恋人を作って不誠実な行いをした挙げ句、一方的に拒否してくる王太子より、カルディナが興味を示した相手の方が良いらしい。

自分でも少しそう思ってしまったことを誤魔化《ごまか》すようにそっぽを向く。

それから幾度も親書や使者の往復が続いたが話に進展はないまま三ヶ月が過ぎた頃、大な進展があった。

ベルスナー王国から話題の当人、ロックウォード公爵その人が再びルジアーナ王国の王城を訪れたのだ。

およそ一年ぶりの再訪である。

昨年ロックウォード公爵には、貴族の華やかさよりも武人としての凛々しさの方が強く印象に残っているが、それは今も変わらない。

「女王陛下、並びに王女殿下への拝謁をお許しいただき、深く感謝申し上げます」

「筆頭公爵閣下その人がわざわざおいでになるとは、あなたも大変ですね」

「いいえ、とんでもございません。両国の友好関係を守る一大事となれば、どこへなりと参ります」

謁見の間にて目前に膝をつくヒューゴを見下ろし、女王はその口の端を釣り上げた。

そして意味深な眼差しを隣に控えるカルディナへと向けてくる。

一体何が楽しいのか、くすくすと声を漏らして笑った後、女王はフッとその笑みを消して更に言葉を続けた。

「城内に用意した部屋は自由に使って構いません。けれど誰が来ても話の内容が以前と変わらないのであれば、改めて話すことは何もありません。観光でもなさってお帰りになると良いわ。必要であれば案内人を用意しますよ」

一見、友好的に聞こえても、その真意はなかなか辛辣である。

彼らの本来の目的を知っていながら、観光をして帰れと言うのだから。

女王が手を振った。

退出を促す仕草に、ヒューゴは恭しく頭を下げると女王の前から退く。

ヒューーゴを始め、随伴してきた使者達の表情は固い。

このままでは互いの国にとっても、何より自分の目的のためにも良い結果にならないと、カルディナが願い出たのは今まさに、女王が玉座から腰を上げようとした時だ。

「お母様。ベルスナーの皆様方の案内人を、私にお任せいただけませんか?」

「珍しいことが続くものね。あなたがそんな役目を進んで申し出てくるなんて」

母の意味深な眼差しは相変わらずだ。

やはりカルディナが何を望み、何をしようとしているのかなどお見通しなのだろう。

けれど承知の上で母は「お好きになさい」と肯《うなず》いた、どこか楽しげに目を細めて。

女王の許しを得て、カルディナは謁見室を出たその足で、ニーナ一人を伴いベルスナー一行が案内されたであろう貴賓室へと向かう。

扉の外に立っていたベルスナーの騎士がすぐに気付き、姿勢を正すと騎士の敬礼を向けて寄越《よこ》した。

「ロックウォード公との面会を希望します。案内してくださるかしら？」

「もちろんでございます。少々お待ちくださいませ」

ヒューゴへの取り次ぎに、長くは待たされなかった。

扉の外で大人しく待っていると、報《しら》せを受けた彼自身がすぐさま表へ出てくる。

あちらもまさか王女自らが、こうも早くに訪問してくるとは思っていなかったようだ。

ヒューゴが流れるような所作で王女の足元に跪《ひざまず》くと頭を下げる。

同じようにその場にいたベルスナーの騎士全員が一糸乱れずヒューゴの行動を真似《まね》た姿は、ある意味圧巻である。

「ごきげんよう、ロックウォード公。こうしてお会いするのは昨年以来ですね。お元気でいらっしゃいましたか？」

「お陰様で大過なく無事に過ごしております。王女殿下もお元気そうなご様子、何よりでございます」

片手を差し出すと、それに応じるように彼はカルディナの手の甲に口付けを捧《ささ》げ、そして跪いた姿勢のまま顔を上げた。

互いの瞳が真正面から向かい合う。

途端、どくりとまた不思議に激しくなる鼓動と、じわりと全身が発火したように熱を持ち出す感覚に困惑した。

一体自分はどうしてしまったのだろう。

他の誰を相手にしてもこんなふうになったことはないのに、以前にたった一度会っただけの相手に不慣れな感覚ばかり味わう羽目になるなんて。

「この度は女王陛下、並びに王女殿下にお願いに参りました。不躾《ぶしつけ》であることは重々承知しておりますが、先に殿下のお時間をいただくことは可能でしょうか」

「ええ、そのつもりで参りました。どうぞ先ほどの母の発言を悪く思わないでくださいね。女王という立場上、あえて振る舞わねばならない言動もございます」

「もちろん、承知しております」

「折角《せっかく》ですからご一緒に庭園へ参りませんか？　見頃の時期にはまだ少し早いですが、秋薔薇が咲き始めた頃です。少しは心も華やぐことでしょう」

ヒューゴの護衛騎士をその場に残し、カルディナが彼を連れて出たのは王城の裏手に広がる庭園だ。

規模は小さいけれど、代々の王女達が好みの花や樹木を植え、居心地良く整えた王女のプライベートガーデンである。

幸い今日は晴天に恵まれ、頭上を見上げれば真夏よりも少し薄い色合いの青空が雲一つなく広がっていた。

夏の名残と秋の気配を同時に感じさせる心地良い風が、さわさわと二人の髪や衣装の裾を優しく揺らす。

ふと気がつくと、ヒューゴが目を細めるようにこちらを見ていた。

先程も感じたことだが、彼の瞳に見つめられると妙に気持ちが落ち着かない。

（……彼の目に、私はどう見えているのかしら）

秋薔薇を連想させる優しいローズ色のサテンのドレスは今の自分に似合っているか。

レースやリボンは曲がっていないか、リボンや飾りは、ドレープは歪《ゆが》んでいないか……

そんなことがやけに気になって仕方ない。

知らぬうちに浮ついてきている自分を戒めながら、内心を隠してゆったりと微笑めば、ヒューゴがその口を開いた。

彼もまたつい先程までカルディナを見ていたことを誤魔化すように。

「美しい庭ですね。カルディナ王女、あなたのように」

「まあ。良く言われますのよ、薔薇の花のようだと」

自分自身で薔薇の花のようだなどと、ぬけぬけと答えつつも内心少しガッカリしたのは、ヒューゴの言葉が誰もが口にするありきたりの感想に聞こえたからだ。

しかし。

「いいえ。薔薇ももちろん美しいですが……どちらかというとこちらの白い花の方があなたに良く似合っている気がします」

彼が指摘したのは、それ単体では目立たない、けれど薔薇と一緒に存在するからこそよりいっそう華やかで愛らしく見える小さな白い花だった。

それはとても静かな言葉だった。

公爵という立場であるならば、言葉を飾ったり、あるいは隠したりすることも知っているはずだが、少なくとも先程の言葉に嘘偽りは感じられない。

彼は真実、そう思って口にしているのだ。

カルディナには薔薇よりも、名も知らぬ野花の方が似合う、と。

不思議と嬉しかった。

カルディナ自身、薔薇よりもそちらの花の方を好んでいたからだ。

自然と表情を和らげたカルディナにヒューゴは恭しい一礼をすると話を切り出した。

「まずは何より先に、お詫《わ》び申し上げます。我が国から持ちかけた縁談にもかかわらず、この度の非礼、どのように詫びても足りることではないと承知しております」

「謝罪については、改めて母にお伝えくださいませ。ですが、ロックウォード公のお気持ちは理解いたしました。なぜそのようなことになったのか、詳しい事情を公爵ご自身から改めてご説明いただいても？」

「……恐らく既にご存じでいらっしゃるでしょうが」

前置いて、ヒューゴは静かにその口を開いた。

「昨年纏まった王女殿下とのご結婚に我が国の王太子、リオン殿下は元々消極的でした。その理由は我が国にも洩れ聞こえる姫君の噂話でしたが……リオン様はなんと言いますか王族の中では少々夢見がちな方で」

はたして一国の王子を夢見がちと称して良いのかどうかは迷うところだが、恐らくこれでも随分控えめな表現なのだろう。

「甘ったれ」あるいは「愚か者」とすら言われても否定できないところだ。

「ご両親の国王陛下ご夫妻が王族には珍しい恋愛結婚であったためか、ご自身も想い人と結ばれて愛ある家庭を作りたいと常日頃から願っておられたようです」

願うだけならば悪くはないし、結婚相手とそんな家庭を作り上げることができれば、相手にとっても幸せなことだろう。

もっともリオンにとって、その相手にカルディナは相応しくなかったらしい。

「その王太子殿下が、婚約後にとある令嬢と出会い、恋に落ちました。そしてその令嬢との結婚を望むようになったのです」

既に婚約者がいる立場で他の女性に現を抜かすなど不誠実にもほどがあると、ヒューゴを始め多くの者が窘《たしな》めたが無理だったらしい。

「無論説得を試みましたが、言えば言うほど反発するという悪循環に陥るばかりで。一度こうと決めたら頑として引かぬ方です。無理に婚姻を推し進めても、恐らくリオン様はあなたの夫としての務めを果たそうとはしないでしょう」

はるばる他国から嫁いで来たにも関わらず、夫からただ一度も愛されることなく、城に捨て置かれる妃は悲惨だ。

その上王子がその想い人とやらに子を産ませるようなことがあれば、後継者問題も勃発する。

何よりルジアーナが自国の王女のそのような扱いを黙ってはいないだろう。

将来的に今以上に大きな問題になる可能性が高い。

それくらいならば、というのがこの度のベルスナー側の考えらしい。

「私などでは代わりにならぬことは百も承知しています。ですが我が国には王子はリオン殿下お一人のみ。そして殿下の他に王家直系の血を引く未婚の男は私以外におりません」

ベルスナーの王族の系譜についてはカルディナも学んでいる。

彼の言うとおりリオンとヒューゴ以外で王家の血を引く婚姻可能な年齢の男子は存在しない。

いずれも幼すぎるか、あるいは既に既婚かのどちらかだ。

「当初取り交わした婚約に関する調印の中に、何らかの事情により王太子がその約束を果たせぬ場合は、最も継承順位の高い王族男子がその立場を引き継ぐこと、と明文されています。広い意味で言えば、その条約に該当するのではと」

「失礼ですが苦しい言い訳だと思いますわ。通常王太子殿下が約束を果たせない状況と言えば、不慮の死とか、回復する見込みのない病や怪我《けが》とか、そういったものです」

「……仰るとおりです」

「それをまさか王太子殿下のお気持ち一つで約束を違《たが》えるようでは国としての信頼が損なわれてしまいます」

「全て承知しております。その上で、それでもこの条件を呑《の》んでくださるのなら、ベルスナー側は可能な限りルジアーナ側に譲歩する用意があります」

その可能な限り、というのがどの程度のものかはこれから決めることになるが、かなりの要求を受けることも覚悟の上だろう。

それを思うとカルディナの心に王子に対する呆《あき》れ以上に、再び目の前の青年に対する同情が湧いてきた。

ベルスナー王国の筆頭公爵とはいえ、まだ二十代の青年には嫌な役目だ。

王太子自身は、自分の主張一つでこうも多くの人々に影響と迷惑、そして国に損害を与えていることを理解しているのだろうか。

しかしそれはカルディナ自身も同じこと。

王女という身分であるにもかかわらず、聞くに堪えない悪辣な噂を流され、それにより王室の名誉がどれほど失墜したか、人々にどれほどの失望を与えたか、そして女王である母にどれほどの苦労と迷惑を掛けたのか。

そう思うと、完全に他人事だと言い捨てる気にもなれない。

「お話は理解いたしました。このような問題に巻き込まれてしまったロックウォード公のご心痛を気の毒に思います」

本来彼の役目は王太子と王女の縁談を纏めるところまでだったはずなのに、と苦笑するカルディナだったが、直後彼は言った。

少し前までの沈痛な表情を消し、微《かす》かな笑みさえ浮かべて。

「いいえ、その必要はございません。確かに頭の痛い問題ではありますが、リオン様に代わってのあなたとの結婚は、私にとっては都合が良いと思ったのも事実ですので」

「えっ？」

「実はこの度のお話は私から我が国の王へ提案したことなのです」

「どういうことでしょう？」

「あなたを妻にすることを、私自身が望んでおりますので」

「……は？」

思わず、素で驚く声が漏れてしまった。

確かに以前親善大使としてルジアーナへやって来た時、ヒューゴがカルディナに好意的に接してくれていたことは印象深い。

その姿にカルディナも好感を抱いた。

でもまさか彼が縁談を考えるほど好意を持ってくれたとは思っていなかった。

「私の噂をご存じでしょう？　社交辞令でしたら、そのようなお気遣いは無用ですわ」

「私はこのような言葉を社交辞令で言える程、気の利いた男ではありません。信じていただけないのも無理はありませんが、初めてお会いした時から姫君を大変興味深いと感じていました」

「興味深い、ですか」

女性に向ける言葉として適切なのかどうかは別にして、自分の何が彼の興味を惹いたのかと首を傾《かし》げるカルディナに、ヒューゴは言葉を選ぶように続けた。

どこか少し困った風に、彼自身自分の心をどう説明すれば良いのか迷っている様子で。

「あなたは王女と悪女、二つの仮面をお持ちのように思います。噂を真実だと判断するにはあなたは気高すぎ、かといって今こうして私の言葉に耳を傾けてくださる姿は、善良なだけの王女殿下、というわけでもなさそうだ」

一歩、ヒューゴがカルディナに近づく。

その距離を縮めさせてはいけないはずなのに、その場から動けずに彼の顔を見つめていると、更にもう一歩。

そして。

「私はその二つの仮面の下のあなたの本当の顔に大変興味があります。できることなら私自身の手でその仮面を外してみたい、とも」

どうやらカルディナは束の間呼吸を止めてしまっていたようだ。

もしヒューゴが宮廷でよく見かける、口先と社交が上手なだけの恋多き貴公子であったなら、この一言に光栄ですとにっこり微笑み返して、はいさようならと追い返した。

でもヒューゴは見るからにそういったタイプではない。

どう反応すれば良いのだろうか。

内心の動揺を押し隠すように相手を見据える。

淑女はこんなことで動揺してはならないのに。

「……女性の秘密を暴きたいだなんて、随分大胆な発言ですわね」

虚勢を張ることに意識を持って行かれていたため、この時カルディナは気付かなかった。

ヒューゴが彼女の首筋から耳朶《じだ》に掛けて、うっすらと色づいているさまに目を向け、そして口の端を綻ばせたことなど。

「そうかもしれません。ですがもしあなたが肯《うなず》いてくださるなら、二つの国の友好と、私

の強欲な願いが叶います。どうか私の願いを叶えてはいただけませんか」

「……嫌だ、とお答えしたら？」

「あなたが根負けするまで、何度でもお願いに参ります」

口先だけではなく、本当にそうしそうだ。

ふう、とポーズだけは溜息《ためいき》を吐いて見せたカルディナだったが、実のところヒューゴの申し出はカルディナにとってけっして悪い話ではない。

相手に興味を持っていた、というのならばそれはこちらも同じ。

素直な好みで言えば王太子よりヒューゴの方がずっと魅力的だ。

それにカルディナには物理的にベルスナーへ行きたい理由がある。

王太子との縁談は手段の一つにすぎず、ベルスナー王国に行き目的を達成することができるなら、相手は誰でも良い……そう、自分に言い聞かせてきた。

でもその結婚相手が少しでも好意を持てる相手なら、それに越したことはない。

「では一つだけ、私のお願いを聞いていただけます？」

「なんなりと」

「私はベルスナーで、とある目的のために利用できる人と、力を望んでいます。あなたにそれを求めてもよろしいでしょうか」

一瞬、空気が張り詰める。

こうまで堂々とあなたを利用しますと言い切って警戒しない人間はいない。

真意を探るようにヒューゴの瞳がカルディナを見つめる。

「その目的とは何か、お尋ねしても？」

「ご心配なさらずとも、罪を犯すつもりはありません。あなた様のお国に不利になるようなことではございませんし、できる限り、あなたの地位や名誉を穢《けが》さぬよう努力もします」

にっこりと微笑んで口を閉ざす。

話すつもりはない、という意思表示だ。

その上「できる限り」ときた。

どちらもヒューゴのような立場では容易《たやす》く肯くことは望ましくない。

通常はせめて理由は教えろと言いたいところだろう。

しかし彼は追及するようなことはしなかった。

ただ静かなダークブラウンの瞳でこちらを見つめ、そして肯く。

「承知しました。私の名と力が及ぶ範囲であればご存分に。それであなたを妻に得られるなら安いものです。ただ、危険なことはなさらないように。もしどうしても必要であれば必ず私に相談するとお約束ください」

「心に留めておきますわ」

そこでカルディナは、ヒューゴに向き直る。

そうしてドレスの裾を持ち上げると優雅にお辞儀をした。

身分が下の者が、上の者に対してのお辞儀をカルディナが行う相手は、現時点で女王のみ。

それをヒューゴに行う理由を、彼は察しているだろうか。

「改めてご挨拶申し上げます。ルジアーナ王国第一王女、カルディナ・ルジアーナにございます。ふつつか者ではございますが、どうぞ幾久しく可愛がってくださいませ」

「ベルスナー王国公爵位を賜っております。ヒューゴ・ロックウォードにございます。無骨者ですが、私の手を取ってくださることを後悔させないよう、生涯を掛けて大切にすると誓います」

彼に、差し出した片手の甲へと口付けられる。

その瞬間、触れられた箇所からピリッと何か痺《しび》れのような刺激と熱を覚えた気がして、小さく肩が揺れる。

知らぬうち、頬が再び熱を持っている自分に気付き、誤魔化すようにカルディナは笑みを深めた。

つまらない結婚生活になるのだろうと覚悟していた。

でもどうやら思っていたほど悪くはなさそうだ。

その後カルディナとヒューゴの結婚は急ぎ取り決められることとなった。

とはいえもちろんあっさりと決まったわけではない。

「こちらに非があるとはいえ、ルジアーナ女王も随分とふっかけてきましたね。王女と閣下の結婚を認める代わりにボルノワ領をよこせなど……これではまるで我が国が敗戦したようなものです」

不満そうに呟《つぶや》くのは従者の青年だ。

今回のルジアーナ行きはもちろん、昨年の親善大使の使節団の中にも参加している、ヒューゴの側近であるモーリスである。

「誰も死んでいないだけ敗戦よりはマシだ」

「ですがボルノワは我が国最大の穀倉地帯です。そこを寄越せとは、ベルスナーは食料庫をルジアーナに押さえられたようなものではありませんか」

その通りだ。

ボルノワを譲り渡しては、ベルスナーは深刻な食糧難に陥る。

それを解消するためには外国から毎年大量の食糧を買い入れなくてはならず、どれほどの国費が潰《つい》えるのか試算するだけで恐ろしい。

それでも食糧を安定的に買い入れることができればまだ良いが、何らかの事情でその取引すら止められたら戦わずしてベルスナー王国は滅びに向かうことになる。

女王の出した条件は、ベルスナーにとっては容易には呑めない要求である。

いかにしてルジアーナから譲歩を引き出すかが、ヒューゴの役割だと言っても良かった。

もちろんベルスナー側としても別のことで贖《あがな》えないかと交渉したが、ルジアーナ女王は一切譲ろうとしない。

何とか、と嘆願するヒューゴに女王が言い放った言葉がこれだ。

「国家間の約束を反故にするというのですから、それくらいの代償は必要では？　それとも現在のリオン王太子殿下を廃して、あなたが立太子なさいますか？　それならそれで当初の約束通り娘は王太子妃、喜んで送り出しますわ」

さすがは狡猾な女狐《めぎつね》と言われるルジアーナ女王である。

的確にベルスナー側の痛いところを突いてくる。

判っていたことだが到底、一筋縄では行きそうにない。

「それでも閣下は本当にあのルジアーナ王女とご結婚なさるおつもりですか」

「無論だ。仮にこの話をまた翻せば、我が国の信用は今度こそ失墜する。そしてルジアーナも侮辱と受けてそれこそ本当に戦争になりかねない」

それだけはなんとしてでも避けなくてはならない。

「それに私個人としてもこの機会を逃したくない」

「私にはそれほど閣下があの姫君をお気に掛ける理由が判りません。確かに噂とは少し違う印象がありますし、美しい姫君ですが……」

「噂とは違う、という認識を持ってくれればそれで良い。理由は王女殿下ご本人が知っていてくだされればそれで充分だ」

そう言うと何ともいえない表情で従者はその口を閉ざした。

彼は知っている、ヒューゴが自ら結婚をと望むのはこれが初めてであることを。

そして一度こうすると決めたら必ず全うすることも。

結果としてヒューゴは短期間の間に幾度もベルスナーとルジアーナとを往復し、和解の道を探り続けることとなった。

頑《かたく》なだった女王を始め、ルジアーナ王宮での様子が少しずつ軟化してきたのは、何度両国の往復を行った頃だろうか。

ヒューゴはどんなに忙しく過密なスケジュールであっても、ルジアーナに訪れた際には必ずカルディナとの面会を求めた。

この日も女王との謁見を終え、国に帰る前に王女の元へと足を向ければ、これまでは警戒を強く表に出していた彼女の侍女が、ほんの少し軟化しているように感じた。

「どうぞこちらでお待ちください。ただいま姫様をお呼びして参ります」

そう言いながら出されたのは、変わった味と匂いのするお茶だ。

これは何かと首を僅かに傾げたヒューゴに説明したのは、ほどなく姿を見せたカルディナ本人である。

「そちらはジンジャーティーです。男性はあまりお飲みになる機会が少ないかしら。身体を温める効能があるのですよ」

秋ももう半ばを過ぎて終わりに近い。

吹き抜ける風も冷たく、国を行き来する旅も次第に辛くなる頃だ。

「ただ少し味に癖があるので、好みが分かれます。お口に合わなければ別のものを用意させますが、いかがでしょう?」

「いいえ、確かに飲み慣れない味ですが、美味《おい》しいと思います。お気遣いありがとうございます」

礼を告げると、カルディナはその口元を綻ばせた。

「では少し包ませます。旅の途中にでもお飲みください。どうぞお身体はお大事になさって。あなたの両肩にはベルスナーとルジアーナ、二つの国の命運がかかっているのですから」

そうやって笑うと、普段のピリッと引き締まる彼女の雰囲気が随分と明るく、そして柔らかくなる。

それはとても世間で噂されているような悪女の姿にはほど遠い。

そしてそんな彼女を見る度にヒューゴは思うのだ。

もっとこの王女のことが知りたい……その素顔を見たい、と。

「これからお国にお帰りになるのですか？」

「はい。できるかぎり早くに今回の結果を持ち帰って協議せねばなりません。本格的な冬が来ては行き来もしづらくなりますから」

「ですが少しはお休みになりませんと。出発は明日の朝でも良いでしょうに……お母様との話し合いはいかがですか？」

ヒューゴの身を気遣ってくれる言葉は素直に嬉しい。

女王との会談はなかなか落としどころを見つけられずにいるし、短期間で幾度も国を往復する旅は鍛えた身でも堪える。

だが、ルジアーナに来れば王女の顔を見られると思えば、そう悪くはない。

「正直に申し上げて、あまり良いとは言えません。ですが粘り強く交渉するより他にないと思っています。あなたにはできる限り憂いなく嫁いで来ていただきたいので」

「まあ」

カルディナは自分が好意を示す言葉を告げると、いつも少し驚いたように目を丸くして、それからぎこちなく視線を彷徨《さまよ》わせる。

彼女としては無意識の仕草なのだろうが、まるで悪い噂に慣れすぎて、他人からの好意をどう受け止めていいものか判らない様子だ。

あの噂はこの王女からどれほどのものを奪ったのかと思うと腹立たしい思いさえした。

だからこそ、この人を早く手に入れて存分に甘やかしたいと思うのだ。

その時、この姫君はどんな顔を見せてくれるのだろう。

「いつも慌ただしくお邪魔して申し訳ありません。そのお詫びというわけではありませんが、こちらを受け取っていただけませんか」

差し出したのは小さなビロード張りの箱だ。

カルディナが受け取って蓋を開けば、姿を見せたのは彼女の深緑の瞳と同じ宝石をあしらった髪飾りである。

「我が国には女性の瞳の色と同じ宝石を贈ることが求愛の証となります。本当は指輪にしたかったのですが、指輪は女王陛下からのお許しをいただいてからと思いまして……受け取っていただけますか」

「こちらを受け取った場合、どんなお返事になりますの？」

「もちろん求愛を受け入れていただいたことになります」

微笑んで伝えれば、またカルディナの視線が彷徨った。

心なしかその頬が赤らんで見えたのは、そうであってほしいと思うこちらの願望か。

「ご迷惑ですか？」

「ロックウォード公は策士でいらっしゃいますのね。そんなふうに仰ると、お断りすることなどできないではありませんか」

言葉こそ素っ気なく聞こえるが、彼女の手は大切そうに箱の表面を撫《な》でている。

はにかむように贈り物を見ているところからして、気に入ってくれたらしい。

「ありがとうございます。大切にいたします」

その言葉通り、次に顔を合わせる時にはいつもカルディナはその髪飾りを身に付けてくれるようになった。

思えば彼女の周囲の侍女や侍従達だけでなく、女王の態度が柔らかくなったのはその頃からだ。

あくまでも誠実な姿勢を貫こうとするヒューゴの言動に、女王もいくらかの敬意を払う気になったのかもしれない。

恐らく最初から適当なところで譲歩を見せる腹づもりだった可能性もある。

それに多分カルディナからも口添えしてくれているのだろう。

「あまり貴公を邪険にすると娘が煩《うるさ》い」

と、そう女王が含み笑いをしながら告げていたから。

どちらにせよ、カルディナからの後押しもあって、穀倉地帯をルジアーナに割譲せよという要求は変わらないまでも、ルジアーナ側はその穀倉地帯をベルスナーに嫁ぐ娘の持参金として持たせてくれることとなった。

カルディナが離縁して国に戻るか、死亡するまではこれまでと同様に全面的な使用権を認める。

代わりにカルディナという存在が何らかの事情でベルスナーから消えた場合には、割譲した穀倉地帯は速やかにルジアーナに返還せよ。

ただし彼女の産んだ子が王位に就き一定期間を経過した場合は、返還は不要とする。

そんな条件である。

「結局ルジアーナ側からすれば将来的に王位を娘婿、あるいはその子に譲れと暗に要求しているような条件ですね」

そうモーリスは言うし、その通りだと思う。

「だがこれがルジアーナに求められる最大の譲歩だろう。この辺りが妥協点だろうな」

結局ベルスナー側はその条件を呑まざるを得なかった。

こうしてベルスナー側が大きな代償を支払う形で二人の結婚がやっと纏まったのは、冬に入り、婚儀まであと三ヶ月と迫った直前のことだった。

さて、多くの人々を混乱と心痛の渦の中に叩《たた》き落とし、未来への大きな問題を抱える原因を作ったベルスナー王国の王太子であるリオン・ベルスナーは、ライトブラウンの髪と琥珀《こはく》色の瞳が美しい、今年二十二の年齢を迎えた立派な成人男性である。

現ベルスナー国王夫妻には長く子どもに恵まれず、成婚して十年近くが過ぎようやく誕生したのがこのリオンだった。

一人息子、それも世継ぎの王子とあって、それは大切に育てられた。

結果、甘ったれで世間知らずに育っただろうことは否定しないまでも、その全ての責任がリオンにあるとはヒューゴには言い切れない。

大切にしすぎた周囲の者の責任もあるのだ。

それでもリオンは決して救いようのないほど幼く愚かな王子というわけでもない。

充分すぎる程の愛情を受けているためか自身も素直で愛情深く人懐こく、そして正義感に溢《あふ》れた青年だ。

最初にカルディナとの縁談が持ち上がった時、リオンはこう言った。

「どうして俺があんな酷い悪評のある王女と結婚しなくてはならないんだ！」

彼の正義感が、噂で囁かれる民を苦しめる王女という存在を受け入れがたかったのだろう。

「あくまでも噂だ。事実がどうであるのかは、私が実際に出向いて見定めてくる」

その結果、王女の人格に問題なしという判断になり、リオンは国のためになるならばと一度は渋々呑み込んだが、しばらくして出逢《であ》った一人の男爵令嬢に心を奪われてからはもうどうにもならなくなった。

「結婚とは神聖なる愛の誓いだ。その誓いを政治に利用し、愛してもいない女性を妻と呼ぶことに俺は堪えられそうにない！」

突然王子がそう口にした時、ヒューゴは無言で自分の額を押さえた。

なるほど、愛を訴えるのは良い。

愛する人と結ばれて生涯を添い遂げることができるなら、それが何よりの幸せだ、という持論も否定するつもりはない。

「それが通用するのは何の身分もない一般人の話だ。あなたはこの国でたった一人の王子。そのあなたの結婚はそんな簡単に反故にできるものではない」

「簡単になんかじゃない。それに一人の女性を愛することも知らずに、どうして国を、民を愛する王になれるっていうんだ。愛は身分にかかわらず必要不可欠なものだと思う」

「その理想論で簡単に約束事を覆《くつがえ》せば、国としての信頼が失われ、国家間での条約が成り立たなくなるだろう。下手をすれば侮辱を受けたとルジアーナ側が戦を仕掛けてきても不思議ではない」

「そんなもの、好きにさせておけば良いんだ」

「馬鹿なことを言うな！　それこそ、王太子の言う台詞《せりふ》か、それで犠牲になるのは何の罪も力もない民人達だぞ」

ヒューゴなりに、何とか思いとどまらせようとしたのだ。

だがどうしても無理だった。

元々リオンは思い込みが激しく、一度こうと決めたら頑として他の意見に耳を傾けないところがある。

その上説得されればされるほど、意固地になってしまったのだろう。

「元々悪評に塗れた身持ちの悪い王女を押しつけてきたあちらが悪い。これではこちらは騙《だま》されたようなものだ、ルジアーナの王女は我が国の王妃に相応しい女ではない！」

しまいには声高にそう主張されて、いよいよヒューゴが本格的に頭を抱えたくなったとしても無理はないだろう。

「あなたの言っていることはただの責任転嫁だ。私は昨年、直接王女殿下にお会いした。その上で我が国の王太子妃として充分に相応しい方だと判断した」

そう窘めたが、すっかり婚約を破棄する方向で意思が固まっているリオンの心には響かなかったようだ。

それどころか彼は更なる持論を展開してみせる始末。

「ヒューゴは騙されているんだ！」

「何を証拠にそのような言葉を？　王太子ともあろう者が無責任な噂ばかりを信じて己の責任を放棄し、約束を反故にする行為の方がよほど問題だ」

通常、ヒューゴは一応の礼儀を保ってリオンに接している。

しかし従兄弟という関係上幼い頃から実の兄弟のように育ち、護衛兼目付役として接してきたため、今のところ国王夫妻意外では唯一王太子に意見できる立場でもある。

リオンも兄のように慕っているヒューゴの言うことは聞き入れる場合が多い。

しかしここでリオンの悪い癖が出た。

「その約束だって元々は、嫌がる俺に無理矢理押しつけたようなものじゃないか！　ヒューゴくらい俺の気持ちを判ってくれたっていいだろう⁉」

この時のリオンはヒューゴの言葉にすら耳を貸さず、頑としてルジアーナ王女との結婚を拒絶したのである。

王や王妃、宰相、侍従長、大臣等々並みいる人々から説得を受けても答えは否。

更にリオンの頑固な態度に火を注いだのは、問題を重く見た宰相が、直接男爵令嬢に王子から身を引くよう命じた事実が彼に知られてしまったことである。

「彼女に危害を加えるつもりなら、俺はいつだって王子の身分なんて捨ててやる‼」

「リオン！」

一国の王太子として、その発言はあまりに軽い。

その王子の身分があったからこそ、リオンはこれまで何不自由なく生活し、充分な教育を受けることができていたというのに、自らその責任を捨てるような発言をするとは。

溜息を噛《か》み殺《ころ》し、ヒューゴは最後の説得を試みる。

「たとえ自ら望んだわけではないにしても、一度は婚約を受け入れたのはあなた自身だ。国と国との問題の他にも、あなたはカルディナ王女に対しても責任がある。そのことについて、どう思っている？」

それでなくてもカルディナは既に一度婚約破棄している。

二度、それも相手の王子から厭《いと》われる形で再び破棄などされては、取り返しの付かない傷になるだろう。

リオンにはそのことも合わせて考えてほしかった。

けれど。

「それほどその王女が気になるなら、お前が娶《めと》れば良いだろう。お前だって王族の血を引く独身男なのだから、条件としてはそう悪くないはずだ」

その時、さすがにヒューゴも思わず手が出そうになった。

ぐっと堪えた自分を誰か褒めてほしい。

「なるほど。それがあなたの言い分か」

怒りを抑えて微笑んで見せれば、どうやら相当凶悪な表情になってしまったらしい。

目の前で王子が罠《わな》に掛かったウサギのように怯《おび》えた顔をしていたけれど、かまうものか。

自分が無理だから、お前が結婚しろだと？

相手を何だと思っているのだ。

まるで意思のないものを下げ渡すような発言に強い怒りを覚える。その怒りのまま、彼は王子に告げた。

「判った。ではそうしよう」

「えっ。いや、ちょっと待て、ヒューゴ」

従兄の様子から、自分で言い出したことだというのに、なぜかリオンが狼狽《うろた》え出す。

このヒューゴの様子から、ようやくリオンは自分の発言の不味《まず》さを察したらしいが既に遅い。

「どうやらあなたは私が思うよりもまだ若く未熟だったらしい。無理に結婚させて互いに不幸になるくらいなら、遠慮なく私が王女をいただき、大切にしよう」

淡々と告げるヒューゴの声に、リオンはオロオロと「あっ」とか「いや」とか、意味を成さない言葉を羅列する。

それらの一切を無視して告げた、怒りの宿った声で。

「だがリオン。自分の目で事実を確かめることなく、一方的に彼女を悪と断言するその選択と発言は、あなたの正義に適う行いだと言えるのか。今一度よく考えろ」

そしてヒューゴはその言葉通りに国王夫妻に申し出、直接自らルジアーナへ赴き、粘り強い交渉を重ねて最後にはルジアーナ側からの承諾をもぎ取ってきたのである。

ほぼ交渉は決裂か、と案じられていた状況でルジアーナからいくらかの譲歩を得られたことはヒューゴの努力の結果だと言って良い。

しかし条件付きとはいえボルノワ領の割譲は避けられず、その他幾つもの利権で不利な立場を甘んじなくてはならなかった。

救いは、カルディナが自分の存在を認めてくれたことだろうか。

自惚《うぬぼ》れても良いのなら、彼女の自分に対する印象は悪くない。

「どうなることかと心配していましたが……結果的に、これで良かったのかもしれんな」

全ての話が纏まり、一連の騒動が落ち着きを見せてから、王はヒューゴにそう言った。

「リオンのあの頑なな様子では、きっと夫婦生活は破綻していた。そうなればルジアーナとの関係は今より悪化していた……我が国は大きな痛手を受けたが、息子を責任ある男に育てられなかった私の責任だ」

そして王は傍《かたわ》らの王妃へも告げる。

「そなたも思うことがあるやもしれんが、ルジアーナの王女が嫁いで来た際には心を砕いてやってくれ。ヒューゴにばかり責任を押しつけることのないように」

「……はい、もちろん承知しております。陛下」

だが依然としてベルスナー城内でのカルディナの評判が改善されることはない。

多くの者はヒューゴに同情し、そして涙した。

リオンは少し、反省したようだ。

自分のせいで本当にヒューゴが、と罪悪感を抱いているらしい。

だが、ここでもまたリオンの罪悪感が悪い方向へ向けられてしまう。

リオンはカルディナを大切な従兄を誑《たぶら》かし結婚に追い込んだ悪女だと判断したようだ。

思い込みの激しさは、ヒューゴの否定の言葉も王子の耳を通り過ぎていく。

願わくはこれ以上大きな問題事が起こらず、平穏な結婚生活が送れますようにとヒューゴとしては祈らずにはいられなかった。

たとえそれが、恐らく無理だろうなと頭のどこかで判っていたとしても。

第二章

カルディナはベルスナー王国に入国したその瞬間から、自分が歓迎されていないことを肌で感じた。

「ようこそ、カルディナ姫。あなたのお越しを心待ちにしていました」

「お出迎えありがとうございます、ロックウォード公」

差し出されたヒューゴの手に手を重ねながらも、自分の一挙手一投足に出迎えた人々の視線が突き刺さっているのが判る。

その人々は皆笑顔を浮かべているけれど、どこか作り物臭い。

ヒューゴの手前何も言わなくても、本心ではカルディナの存在を歓迎していないのだろう。

だがこの程度のことは最初から想定していた。

気の弱い娘なら俯《うつむ》くところを、カルディナは堂々と顔を上げ、それどころか微笑さえ浮かべて、人々の前を歩く。

そんな彼女がヒューゴに連れて行かれたのは、謁見の間だ。

玉座には既にベルスナー王と、王妃、そして王太子と思われる青年の姿があった。

「この度は縁あって我が国に嫁いで来てくれたことを歓迎しよう。あなたにとって住み良い国となってくれたらと思う」

「温かいお言葉をありがとうございます、国王陛下。まだまだ未熟者ではございますが、良き妻としてロックウォード公を支えて参る所存です」

てっきり歓迎してくれているのはヒューゴだけかと思ったが、王の言葉は真心が込められていたし、

「ヒューゴは私達の息子のような者です。何か困ったことがあればこの国の母として頼ってくださいね」

そう告げてくれる王妃の言葉にも気遣いが感じられた、表向きは。

内心はきっと二人とも複雑な感情を抱いているのだろう。

無理もない、この結婚を纏めるためにベルスナーが負った被害は尋常ではない。

だがそれはカルディナのせいではない。

一方でその原因を作った人の態度は誰よりも露骨だった。

「ようこそ、ベルスナーへ。あなたにも、あなたの国にも大変なご迷惑をお掛けしましたが、快くお許しいただき、そして無事にお迎えできたことを嬉しく思います。この度は多

大なる譲歩をありがとうございます」

口でこそそんなことを言うがそれが本心からのものではないことは容易く推測できる。

快く許したわけではないし、譲歩もすんなりと進んだわけでもない。

つまりは、『人の足元を見て、よくも領地を奪い取ってくれたな』という意味合いに受け止めた方が正解なのだろう。

「いいえ、両国のこれから先も続く友好のため、ルジアーナの王族として当然のことです」

微笑みながらカルディナは言葉を返す。

腹の中では『もっともそっちは王族の役目を蹴ったけどな』と皮肉も込めて。

どうやらその意図は王太子に正確に伝わったらしく、その眉が顰められる。

素直な王子のようだが彼の立場上素直過ぎてはよろしくない。

いずれ玉座に着く時には多少の腹芸はできるようにならなければ、王太子の周囲の人々が苦労をするのだから。

その迷惑を被る筆頭であるヒューゴは、王との謁見の後カルディナに向き直るとこう言った。

「式までは是非城にご滞在いただくようにと王妃陛下が仰っています。何か不自由がございましたら、遠慮なくお申し付けください」

「はい。王妃様、並びにロックウォード公のお心遣いに感謝申し上げます」

てっきり城へは挨拶に立ち寄っただけで、この後公爵邸に移動するのかと思ったが違ったらしい。

正直あまり居心地の良い滞在にはならない気はするが、都合が良い一面もある。

ベルスナーの社交界にデビューする前にできるだけ城に出入りする貴族達の顔と名を覚えたいし、情報も集めたい。

「では毎日の昼食をご一緒するのはいかがでしょう。ルジアーナでお会いした際には慌ただしい時間が殆《ほとん》どでしたので、ゆっくり互いを知り合う時間が必要ではと考えます」

「そうですね。異論はございません」

「もし何か問題があればその際に伝えてください。もちろん急ぎの場合は呼び出していただいても構いません。多くの場合は城か、騎士団か、公爵邸のいずれかにおります」

「承知しました。ところで今後はヒューゴ様とお呼びしても？　もしくは旦那様？」

「どうぞお好きなようにお呼びください。では私はカルディナ姫と？」

「呼び捨ててくださいませ。私は近くあなたの妻となる身です。結婚してからもずっと姫と呼ぶのはおかしいでしょう？　言葉遣いもどうぞ普段お使いのもので。その方がお互いに早く慣れると思います」

そう訴えると、彼ははにかんだような笑顔を向け、そしてカルディナの手を取るとその甲に口付けた後、導くようにエスコートしてくれた。

「ではカルディナ。部屋まで送ろう。長旅で疲れているだろう。ゆっくり休むと良い」

束《つか》の間《ま》の城での生活は、こうして始まった。

到着した当日は与えられた部屋でゆっくりと過ごし、翌日からは早速婚礼に向けての必要な儀式の知識や手順などの最終確認が始まった。

それと同時に、早速ベルスナーでの社交も始まったらしい。

約束通り、昼をヒューゴと共に摂《と》って部屋に戻ってから間もなくのことだ。

「姫様、王妃様からお茶会のお誘いが届いています。ご出席なさいますか？」

「もちろんよ。喜んでお受けしますとお返事してちょうだい。そして支度をお願い」

カルディナを城に、と引き止めたのは王妃なのだから当然近いうちに誘いが来ると思っていた。

想像よりも早かったが、これくらいは誤差だろう。

（さて、王妃は私に対してどう出るかしら。好意的に接してくれるなら何よりだけど……）

逆に取り巻きの貴族夫人達と共につるし上げてくる可能性もある。

王妃の出方を見るには良い機会になるだろうと思って参加したカルディナだったが、答えは半々、というところだろうか。

「ようこそ、カルディナ姫。来てくれて嬉しいわ」

「こちらこそお誘いいただきありがとうございます」

「今日はあなたを皆さんにご紹介したいと思って呼んだの。この国での挙式は判らない手順もあるでしょう。その点、経験者ばかりだから参考に話を聞ければ良いと思って」

どうやら王妃は本心からそう言ってくれているようだ。

チラチラと垣間見える戸惑いのようなものは、カルディナに対して何か思うところがあるというよりも、息子のしでかしたことに対する後ろめたさのせいかもしれない。

親切にしてくれるのも、そのお陰だとしたら悪くはない。

「お気遣いありがとうございます。心強いですわ。皆様方もどうぞよろしくお願いします」

「ええ、もちろんです。他国から嫁いでこられて不安なこともおありでしょう。こちらこそどうぞよろしくお願いいたしますね」

しかしそんな気遣いの言葉を掛けてくれたのも、王妃が同席している間のことだ。

王妃が他のテーブルへと移った途端に貴婦人達の言動は見る間に変わる。

「それにしても何をどうなさったらあのような噂になるのでしょう。とてもそのようには見えませんけれど、人は見た目によらずと言いますし」

「あらそんな。噂が事実のはずがありませんわ。我が国は最大の穀倉地を差し出してまでお迎えした姫君ですもの。まさかその価値に劣るようなことはございませんでしょう？」

「ええ、そうですとも。状況が違えば我が国の王太子妃になられていたお方ですもの。それにしても残念ですわ、けれどロックウォード公爵夫人というのも決して悪くはございません、王太子殿下に劣るとはいえ筆頭公爵家ですものね」

噂好きの貴婦人とは、どこの国でも同じなのだなと思う。

この程度のことは噂を立てられた当初からルジアーナでも散々言われて来たため、今更傷つくようなこともないが、こうしたやりとりに心を痛める娘は少なくない。

それが判っていて、他国から嫁いで来た王女相手に言っているのだとしたら大したものだ。

さて、なんと応じようか……そう考えていた時だ。

「あらまあ、皆様方ったら。世間に流れる噂の多くは真実に基づかないものであるとよくご存じでいらっしゃいますでしょう？　まさか事実を確かめもせず噂を真に受けるおつもり？」

上の判断に文句をつけるつもりか。

そう不快げに声を上げたのは一人の貴婦人だ。

一見、美女というほどではないにしろ、雰囲気の柔らかな僅かに下がった目尻が愛嬌《あいきょう》のある女性である。

「そ、そんな私達は別に……」

「そうです、そんな真に受けるだなんて……」

もごもごと言葉を濁す貴婦人達の中で、その女性はカルディナと目が合うとにっこりと微笑んで見せた。

「ラジエル侯爵の妻、オーロラと申します。王女殿下にお会いできて光栄です」

「ルジアーナ第一王女、カルディナと申します。こちらこそお会いできて光栄です」

「あなたに興味津々なあまり、つい言葉が過ぎてしまったようですわ。ねえそうでしょう、皆さん」

どうやらこのラジエル侯爵夫人は王妃に次いで、この場で発言権のある人物らしい。

つい先程まで不快な言葉を発していた人々が、あっさりと手の平を返したように愛想笑いを浮かべてくるのがいっそ見事なほどだ。

「気にしておりませんわ。誤解だと判ってくだされば、私はそれで良いのです。それよりも、皆様のお話をお聞かせいただけますか？　ご存じの通り私はこちらの国のお話に疎くて……」

この場で味方につけておいた方が良いのはこの侯爵夫人らしい。

まずはそれが知れただけでもお茶会に参加した甲斐《かい》があるというものである。

彼女達の話によると、王太子に愛する人がいるという噂は事実のようだ。

しかしその相手は身分の低い男爵令嬢で、登城することもままならないとか。

秘密の恋人と会うために、リオンは限られた機会を懸命に作る努力を重ねているようだ。

そんな王太子の恋には城でも同情的な者が多く、またその反動かカルディナに対して良い感情を抱いていない者も多いらしい。

そのせいか、茶会後も小さな嫌がらせとおぼしき真似をする者もいた。

「この国の使用人の教育は一体どうなっているのでしょうか。お湯一つ用意するのにどれだけ待たせるつもりなの？」

カルディナがお茶をするための湯を所望して一時間、待てど暮らせど何も届かない。

国から共に付いてきてくれたニーナがそう城の侍女に叱りつければ、それからほどなく届いたポットの中身はすっかり冷めきっている。

「姫様、ロックウォード公に伝えましょう！　賓客として迎え入れておきながら、一国の姫に対してこんな扱い、馬鹿にしているとしか思えません」

「良いわよ、別に。そんなことでヒューゴ様のお手を煩わせたくないわ」

「でも姫様」

「どうせここにいるのも式までの間のことよ。湯が届かないのなら、二度三度命じれば良い。別にお茶がなくたって死にはしないわ」

「そういう問題では……！」

「その程度の問題よ」

王城内は王太子のテリトリーだ。

まさかリオン自らがカルディナに嫌がらせをしろと命じたとまでは思わないが、この程度のことは最初から予想済みだ、どうせ結婚までの僅かな間のこと。

いちいち声を上げるのも面倒臭い。

そう思っていたのだが、滞在が一週間を過ぎる頃、突然カルディナに付けられていた侍女が一新された。

それを知らされた時のニーナの嬉しそうな顔と言ったらない。

「ロックウォード公のご命令だそうです。職務放棄した者達は即時城から出されたとか。こちらが何も言わなくてもこちらの境遇に気付かれるなんて、姫様に関心のある証拠です。ホッといたしました」

ホッとしたという言葉は本当にそうなのだろう。

ニーナとしても慣れない国で気を張っていたに違いない。

誰が敵か味方かも判らない環境の中で、カルディナを守ろうと動いてくれる人の存在は彼女にとっても心のよりどころになるようだ。

ヒューゴがカルディナに謝罪したのは、そんな出来事があった日、中庭に面したオープンテラスで共に昼食を摂った後のことである。

「教育が行き届いておらず、不快な思いをさせて申し訳ない。よく言って聞かせたはずだが、配慮と考えの浅い者の行いを恥ずかしく思う」

「私は別に気にしておりません」

「そうはいかない。あなたを蔑《ないがし》ろにすることは、ルジアーナ王国を、そして私自身を蔑ろにすることと同じだ。なぜ黙っていた？」

「面倒だっただけです。これがこの先ずっと続くというならともかく、こちらでお世話になるまでのことですもの。それに噂が流れた当初は、ルジアーナでも似たような対応をされたことがありますし」

あの程度のことでいちいち気を悪くしていたら、毎日不機嫌な顔ばかりして過ごすことになる、そう告げるとなぜかヒューゴは何ともいえない複雑そうな表情を見せた。

同情すると言うよりは、何か納得がいっていない、もどかしそう、という表現が一番似合うだろうか。

「カルディナ。そのあなたに関する噂についてだが、どこまでが真実で、どこまでが偽りなのだ」

ヒューゴの問いは、いつか訊《き》かれる質問だろうなと思っていたことだった。

すぐには答えずに、ただ微笑を浮かべるカルディナに彼は言葉を重ねる。

「あなたが話したくないというのであれば、無理に聞き出すつもりはない。だが何か事情

「があるなら教えてくれないか」

こっそりと探りを入れる手段もあるだろうに尋ねる方が早い、と真正面から問いかけてくるヒューゴに、ああやっぱり真面目な人だな、とそう思った。

「あなたは以前、我が国で何か叶えたい目的があると言った。それは、世間であなたが悪女と呼ばれるようになったことと関係があるのだろうか」

ふう、と小さな溜息が苦笑と共に零《こぼ》れ落ちた。

さて、どうしようか。

どこまで彼に話すべきだろう。

ヒューゴなりに誠実に自分に向き合おうとしてくれているのは、これまでの言動から見てもよく判るし、彼個人は信用に値する人物だと思っている。

けれどリオンはもちろん、ベルスナー国王夫妻に関しては、正直まだ信用できていない。

少し悩んで、結局口にできたのはごく端的なことだった。

「そうですね。どうやら私は噂を流した当人が嫌がるところを突いてしまったようなのです。噂は嫌がらせと、私の邪魔をすること……その両方の意味があったのでしょう」

何でもないことのように答えたが、もちろんヒューゴはカルディナのこの言葉が全てだとは思っていないだろう。

「では、あなたの目的とは？」

「それをお話するのは、もう少し親しくなってからにいたしません？」

意味深な表情で、人差し指を自分の口元に押し当てて見せる。

現時点ではこれより多くのことを聞き出すのは無理だと理解したのか、ヒューゴはやれやれと苦笑交じりに肩を竦《すく》めて見せた。

「では一日も早くあなたから事情を打ち明けてもらえるよう、その信頼を得る努力をしよう。だが何度も言うようだが、危険な真似だけはしないように。僅かでもその可能性がある場合は、必ず私に相談すると約束してほしい」

「はい。私もヒューゴ様に迷惑を掛けたいわけではありませんので、お約束します」

「その言葉を信じよう」

あっさりと信じると告げるヒューゴに、カルディナは笑った、からかうように。

「あら、そんなに簡単に私を信じて大丈夫ですか？　案外、嫌がらせというのは嘘で、噂の方が真実かもしれませんよ。適当なことを言って誤魔化そうとしているだけかも。私は稀代の悪女だそうですから」

「あなたはそんな女性には見えないが」

ふむ、とわざとらしく考える仕草を見せて、彼は言う。

「では非合法的な薬物に手を出しているという噂は事実か？」

「健康に悪いものは嫌いですわ」

「幾人もの青年を相手に淫らな遊興に耽ったという噂は？」

「私の身が潔白かどうかは、いずれあなたご自身の手でお調べくださいませ」

「気に入った青年を手に入れるために、婚約者の令嬢を悪漢に襲わせたというのは？」

「私は男性よりも、可愛らしい女性の味方です」

「気に入らない貴族を陥れて爵位や財産を奪いとった、という噂も聞いたことがあるな」

「理由もなく無差別にそういった行いができるほど、私に力はありませんわ。そういったことは、母にのみ可能なことです」

ああ言えばこう言う。

打てば響くようなテンポの良い言葉を返しながら、次は何を聞いてくるのかと、カルディナは完全に挑発的な笑みをヒューゴに向けていた。

噂の多くは嘘だとしても、扱い辛い可愛げのない女だと思っただろうか。

それともそれだけ気が強ければ、貴族達の反感を買い、余計な噂を流されても仕方ないと思っただろうか。

「先程、私はそんな女には見えない、と仰ってくださいましたね。ではあなたは、私はどんな女だと思っていらっしゃいますか？」

羽扇で口元を隠しながら、さらににっこり微笑んだ。

表情の殆どは扇で隠されてしまっているけれど、目を見ればカルディナが興味深くヒューゴを見つめていることに気付くはずだ。

彼はなんと答えるだろう。

男性の返答が気になったのは、もしかするとこれが初めてかもしれない。

そんなことを考えているカルディナの目前でヒューゴは思案する表情を見せる。

「以前も言ったが……とても興味深い、と思っている。そして今はあの時よりも更に、あなたを知りたいとも」

「まあ」

「あなたは噂に聞くよりもずっと理性的で、頭の良い女性だ。少なくとも自分の欲望だけで人を害する行為がどれほど悪手かは承知しているだろう。そして私の身体を労《いたわ》る心を持つ優しく善良な女性のように感じる」

「まあ……そんなことを言われたのは初めてです」

「だとするならあなたの周りにいた男達は目が節穴の者ばかりだったのだろう。あなたが時々私の前で頬を染める理由を、都合良く解釈しても構わないだろうか」

軽く目を見開くカルディナの不意を突くように、いつの間にかヒューゴが近づいてきて、扇を持つ彼女の手をそっと包み込んだ。

長年武芸を嗜《たしな》む人特有の固く鍛えられた温かな手に触れられて、包まれた彼女の手が戸惑うように震える。

身構えている時はともかく、不意打ちには弱い。

他者に主導権を握られるのは苦手なのだ。

否応なくまたカッと頬に血が上り、重なり合う場所にまるで熱湯を浴びたような熱を感じた。

自分で自分がどうしたいのか判らないままじっとしていると、包まれた指にヒューゴが口付けた。

手の甲や指の背に社交辞令として受けることはあっても、指の腹に唇を寄せられたのは初めてで、つい動揺を隠せずに肩を揺らしてしまう。

その反応に、間近で彼が笑った。

「ほら。やはり、初心《うぶ》な反応をする。噂の奔放な悪女にはほど遠い」

「……それを確かめるためにこんなことを？」

「いいや。あなたに触れる口実が欲しかっただけだ。できることならあなたのそうした少女のように初心で可愛らしい姿を目にできるのは私だけでありたいと思う」

咄嗟《とっさ》に何を言うべきか言葉が全く頭に思い浮かばなかった。

ダークブラウンの瞳を硬直したように凝視するカルディナを、ヒューゴも目を逸《そ》らすことなく見つめ返す。

文字通り、まるで時が止まったようだった。

「……あの、もしかして、と思いますが……私を口説いていらっしゃいます？」

「もしかしなくても口説いているつもりなのだが」

少し照れくさそうに柔らかく相好を崩す彼の微笑に胸が熱くなった。

これまで異性に惹かれるという経験を殆どしたことのないカルディナには、この胸の高鳴りの理由が恋なのか、あるいは単純な好意だけなのか、その違いがよく判らない。

でもヒューゴと初めて会ってから今まで、彼に対して悪い感情を抱いたことがない。

それどころか交渉のためにルジアーナに訪れた際にも、どんなに時間がなくても必ず会いに来てくれたことを嬉しく思っていたのは本当だ。

一体どんな反応をすれば、と戸惑っている間にもカルディナの顔の熱はどんどん上がる。

いっそ逃げてしまおうかと、これまで記憶にある限りで初めての撤退を企《たくら》んだその瞬間、彼女の華奢《きゃしゃ》な身体は屈強な男の両腕に囚《とら》われていた。

「あっ……」

逞しい肩越しに晴れ渡る空が見える。

身を硬直させるカルディナの背に、大きな手の平が回り、しっかりと抱え込まれた。触れ合う場所からじんわりと伝わる温《ぬく》もりに、心臓の鼓動は高まるばかりだ。

「堂々としているあなたはとても大きく見えるのに。不思議だな、こうしてみると、随分華奢で、壊しそうで怖い」

耳元で低く笑う声に、余計に頬に血が昇った。

ヒューゴの低く耳当たりの良い声が、鼓膜から脳髄を伝わって、背筋をぞくぞくと震わせる。

きっと今、カルディナの顔は経験したことがないくらい真っ赤になっている。

ルジアーナ王国、稀代の悪女と呼ばれた王女もこれでは形無しだ。

何となく悔しいような気恥ずかしいような気分でその肩口に額を押しつけた。

「……ヒューゴ様はもっと、硬派な方だと思っていました」

頭の上から再び低く笑う声が聞こえてきた。

「それがお好みならそのように振る舞う努力はするが、これでもあなたの気を惹こうと必死だ。迷惑だろうか」

「そんなことは……」

迷惑ではない、嫌でもない、ただ反応に困る。

男性に甘える方法なんて学んでいない。

ユーゴの指先が、カルディナの背を流れる金髪をさらりと掻《か》き分ける。

髪に神経など通ってはいないはずなのに、直接肌に触れられたような感覚に、背筋から痺れるような刺激が走って小さく身を震わせた。

今はまだぎこちなくても、いずれこうした触れ合いが当たり前のように慣れる時が来るのだろうか。

案外それは遠くない未来かもしれない。

「仕方ないので、許して差し上げます。旦那様を受け入れるのも、妻の役目ですから」

「それはありがたい」

内心の甘い疼《うず》きを誤魔化すように、わざとツンとした声で告げれば、その言葉にまたヒューゴは笑った。

そのまま二人はしばらくの間、そうして時を過ごしたのだった。


それから婚礼までの数週間を、二人はほぼ日に一度は顔を合わせ、言葉を交わした。

ヒューゴはいつもカルディナの話を興味深そうに聞いてくれる。

「あなたの話は突拍子もないように思えて意外とまともかと思えば、私では思いつかないような考え方が面白い」

「あら、意外とまともだなんて。ちょっと失礼だと思いますけど？」

けれど自分の話を聞いて笑ってくれるのは素直に嬉しい。

「本音を言えば、私もヒューゴ様との会話は楽しく思います。特にあの噂が流れて以来は遠巻きにひそひそと言われることの方が多くて、近づいてくる男性は下心のある者ばかりでしたから」

「本当に？」

「ええ。元婚約者とも、付き合いこそ長くても結局お互いを理解し合うこともできずに別れてしまったので、あなたのように興味を持って話を聞いてくれる男性は初めてです」

「それは元婚約者殿も随分と損をしたな。だがお陰であなたの初めてになれたなら嬉しい」

「随分と意味深な言い方ですね」

「おかしなことを言っただろうか。まあ別の意味でもあなたの初めては常に私のものにしたいが」

なんだろう、その言葉に妙なきわどさを感じるのは。

思わずぐっと言葉を詰まらせると、ヒューゴが笑った。

そうすると普段の彼が見せる生真面目でお堅い雰囲気がぐっと和らぐ。

静かに口元を綻ばせるだけでとても魅力的に感じるのは自分の目がおかしいのか。

そんなヒューゴの顔を見ると、内心少しだけ……否、割と頻繁に、胸がどきどきする。

なんだか落ち着かない気分になるのに、気付けばこちらも笑ってしまっていた。

そうして迎えた言祝《ことほ》ぎの日。

ベルスナー王国のしきたりに則《のっと》って迎えた挙式当日は、まるでこれから先の二人を祝福するように春の風が温かく、雲一つない青空が広がっていた。

大神殿の鐘楼《しょうろう》から鳴り響く祝福の音は城下まで届き、人々の耳を震わせる。

ベルスナーとルジアーナが共に信仰する主神の巨大な像が安置された神殿の礼拝堂では、式を取り仕切る大主教が朗々たる声で婚姻の誓約を述べている。

第二王位継承権を所持する王の甥である公爵と、色々と噂には事欠かないまでも正当な王家の血を引く王女の結婚は、厳かな雰囲気の中、一つの不備もなく盛大に行われた。

この日のカルディナはちょっとやそっとの悪意など容易く撥《は》ね除《の》けるほど、繊細で可憐《かれん》な、そして佳麗な花嫁であっただろう。

薄いベール越し、教会のステンドグラスの向こうから差し込む色鮮やかな光が、彼女の金髪を輝かしく浮き立たせる。

レースをふんだんに使用し、首元までの肌を隙なく覆うクラシカルで禁欲的なウエディングドレスは、花嫁の無垢《むく》で清楚《せいそ》な美しさを際立たせ、否応なく人々の視線を集めた。

そんな人々の注目を浴びながらヒューゴの手によって持ち上げられたベールの下から現れた美貌は、悪女どころか穢れを知らない乙女そのものだ。

「……美しいな」

呟いて、ヒューゴが息を呑む。

そんな新郎の反応をからかえる者は、少なくともこの場には存在しない。

純粋な称賛に満たされた彼の瞳にどこか落ち着かない様子で顔を上げていると、やがて長身を折るように新郎が新婦のベールを上げて身を屈《かが》めてきた。

これまでにないくらい、間近で目が合い、どうやらカルディナはいつの間にか息を止めてしまっていたらしい。

細く、ゆっくりと呼吸を吐き出した時、額に柔らかな口付けが落ちた。

思わぬ場所に触れられて、つい拍子抜けしてしまったのは僅かな間のこと。

こちらの虚を突くようにヒューゴは改めてその顔を近付けてくると、カルディナの頬を片手で包むように押さえ、上向いたままの彼女の唇に自身の同じそれを重ねてくる。

最初は軽く表面を触れ合わせるだけ……次第に互いの肌を馴染《なじ》ませるように押しつけられて、思わずカルディナはきつく目を閉じてしまっていた。

頭の中で血液が流れる音が鼓動と重なって聞こえた。

直接触れている箇所は唇だけなのに、もっと深いところに触れられているような感覚がする。

その感覚を無意識の内に追い掛けようとした時、スッとヒューゴが身を引いた。

何となく物足りないような残念な気がしたのは気のせいではあるまい。

「今ここに、新たな夫婦が誕生いたしました。どうぞ皆様、若き二人の門出が喜びと幸福に満たされたものとなりますよう、盛大な祝福をお願いいたします」

大主教の宣言と共に、大聖堂内で参列者の拍手が響く。

この瞬間よりカルディナはルジアーナ王国の王位継承権を失い、カルディナ・ロックウォードと名を改めた。

今後はロックウォード公爵夫人と呼ばれ、社交界で最も身分の高い貴族夫人として君臨することになるだろう。

とはいえ、それはまだ先の話だ。

初めて通された公爵邸は、なるほどその身分に相応しく土地の限られた王都内でも規格外の敷地を誇り、屋敷の規模も他より群を抜いていた。

「……素晴らしいわね。王都でこれほどの規模の屋敷はベルスナー王国だけでなくルジアーナ王国内でもそう多くないわ」

さらにロックウォード公爵家は王都に程近い地域と西方に広大な領地を持ち、王都に次ぐ地方都市と国内最大の鉱山を保有、またルジアーナとは逆隣の国に対しても睨《にら》みを利かせる国の守りの要である。

現在ヒューゴは領地を家令に任せ、自身は王子の目付役として王都に滞在しているが、ひとたび何かあれば誰よりも勇ましく先陣を切って戦に出る。

かといって彼が武力だけの才しかない青年ではないことは、どんな難題をぶつけられても理性的にルジアーナとの粘り強い交渉を続けた姿から明らかだ。

ロックウォード公爵家の持つ権力と影響力は王家ですら侮《あなど》ることはできない。

そんな彼と夫婦になったカルディナが、婚礼の儀と披露宴を終えてこれから迎えるのは、初夜である。

身支度を調え寝室へと入ったカルディナを、既にヒューゴが待っていた。

「本日よりどうぞよろしくお願いいたします、旦那様。世間一般的な良い妻になりますと断言はできませんが、あなたにとって唯一の存在となれるよう努力いたします」

「こちらこそあなたにとって唯一の夫となれるよう心がけるつもりだ。何か思うことがあれば、遠慮せず伝えてほしい。少しずつ理解を深めていこう」

「はい」

その言葉に素直に肯いた。

生まれた国も育ってきた場所も違う。

それでもお互いに理解し歩み寄る意思を忘れなければ、自分達なりに良い形での夫婦となることもきっと夢ではないはずだ。

差し出された手を取ることに迷いはなかった。

導かれるままに寝台に二人並んで腰を降ろせば、様子を窺うように大きな手に肩を抱かれて引き寄せられる。

この後、どのような行為が待っているのかはカルディナも一応は知っている。

ただ全てを理解しているかと言われるとそうではない。中には特殊な性癖を持つ男性や行為そのものを不得手とする男性もいると聞く。

さてヒューゴはどうだろう。

「あの、何かお好みの方法のようなものはございますか？」

「方法とは？」

「一応初夜のことは事前に学んでは来たのですが、生憎《あいにく》とあまり詳しくはなくて。ですが男女の行為には様々な手段があるとは聞きます。お好みの手段があれば、教えていただければ、できるだけご希望に添う努力はいたします」

なぜだろう。

ここでヒューゴは不意を突かれたように目を丸くした。

それからおもむろに天井を見上げると片手で眉間を押さえ、そして細く息を吐き出しながら視線をカルディナへと戻す。

その顔がどこか笑いを堪えているように見えた。

「どうやらあなたは私が思うよりもずっと、努力家のようだ。だがこういった行為はどちらかの一方的な欲望を押しつけるものではない。どういう形が良いかは今後二人で実際に触れ合いながら、共に探っていくのはどうだろう」

「それで良いのですか？」

パチパチと目を瞬く。問う声は非常に意外そうに聞こえただろう。

「もちろんだ。それに私もあなたがどういった手段を好むのかを知りたい」

もちろんカルディナは男女の営みなど経験がないため、自分がどんな行為を好むかも判るわけがない。

あれほど悪女と言われても、実際のカルディナはまだ無垢な乙女である。

「それはちょっと……なにぶん経験がございませんので」

「ならば探せば良い。時間はたっぷりある、そうだろう奥方殿？」

「……どうぞお手柔らかにお願いします。旦那様」

覚悟はしていたつもりだが、実際にこの時を迎えるとなんだか恥ずかしい。

まるで今までの自分とは違う自分になったようで。

取り繕うために平静を装うつもりでも、すぐに頬が熱くなって視線が泳いでしまう。

そうか、自分はこんなに初心な女だったのか。

何となく何かに敗北したような気分で唇を噛《か》み締《し》めた時、深く抱き寄せられ……そして頬に口付けられた。

「あの、旦那様……」

「まだ始まったばかりだ。逃げないでくれ」

まるで小さな子どもに挨拶をするような優しいキスにカルディナが硬直している間に、

彼の唇は頬から耳朶、そして首筋へと移っていく。

「あっ……」

ぞくぞくっと這《は》い上がるくすぐったさに思わず小さな声を漏らすと肩を竦めた。

逃げるつもりなんてないけれど、くすぐったくて堪《たま》らない。

彼は身を捩《よじ》るカルディナの反応を楽しむように笑いながら、敏感な薄い皮膚に口付けを繰り返す。

「あなたの肌は白いな。少し口付けただけで、簡単に痕がつく」

「み、見えるところには止めてください。隠すのが大変なので……」

「隠さずに見せつければ良い」

「無茶を言わないで……」

片手で粟立《あわだ》つ首筋を押さえて隠そうとしたけれど無駄だった。

カルディナの意識が首筋へと向いたと見るや、ヒューゴはあっさり目的を変えると、今度は額に口付けてくる。

その身体や顔が近づく度に、ドキドキしているカルディナの本心に気付いているかのように。

両頬を挟むように顔を上向かされ、ダークブラウンの瞳が覗《のぞ》き込《こ》んでくる。

彼は再び顔を近付け……そして柔らかく唇を重ねた。

「んぅ」

その近づく顔があまりにも精悍で艶っぽく見え、つい目を閉じるのが遅れた。

一瞬遅れて慌てて目を閉じれば、カルディナの背や腰に逞しい腕がまわり、抱き締められる感覚と温もりに陶然とする。

人と抱き合うことがこんなに心地良いものだなんて、彼に触れられるまで知らなかった。

そしてそのヒューゴは今、新妻になったカルディナに、それ以上のことも教えていく。

一つ一つ、未《いま》だ知らない快楽を覚えさせるように。

「私は、どうすれば……」

「今は、私に身を委ねてくれれば良い。できるか？」

「…………はい」

普段の気の強さはすっかりとなりを顰め、ぎこちなく肯けば再び唇を塞がれる。

口付けは、最初は挙式で夫婦の誓いを捧げた時と同じく、軽く触れ合わせるだけ。

しかしあの時とは違い、今の口付けはたった一度の触れ合いだけでは終わらない。

「ん……」

二度三度と角度を変えて軽く触れ合わせながら、互いの鼻先が触れ合う距離でこちらの反応を窺うようにヒューゴが見つめているのが、目を閉じていても判る。

じわじわと上昇する頬の熱を感じながらそのままじっとしていると、許しを得たと判断したのだろう。

彼は再びカルディナへ口付けの雨を降らせた。

触れるだけの優しいキスは、何度もカルディナの額や頬、唇へと降り注いで柔らかな感触と燃えるような熱を分け与えてくる。

このキスは何度、そしていつまで続くのだろう。

何度でも、いつまででも続けていてほしいような猥《みだ》りがましい思いに戸惑いを抱く。

そんな心とは裏腹に、カルディナの身体の方はその触れ合いに慣れ、徐々に身を強《こわ》ばらせていた力が抜け始めたころ、キスはその深さを変えた。

「……ふ……」

知らぬうち綻んだ唇の隙間をこじ開けるように、熱い舌が忍び込み、奥に引っ込んでいたカルディナのそれを見つけて絡みつく。

ぞろりと直接舌が触れ合う刺激に驚いて、びくっと肩が跳ねた。

「ん、んんっ……！」

慌てて追い出そうとしてもその舌を強く吸われてしまっては、口内の彼の舌を追い出すこともできず、自分の身を深く抱え込む逞しい肩に縋るしかない。

ヒューゴと接すると、カルディナはこれまで知らなかった自分の別の姿を次々と発見していくようだ。

元々自分はどこか人より達観し、冷めたタイプだったはずだ。

いつも一歩引いたところから客観的に物事を見つめ本心を隠す癖が身に付いていて、胸の内を晒《さら》すような行為はあまり得手ではない。

そのせいで可愛げがないと言われることもあるし、気丈だとも、お高く止まっていると言われることもある。

けれどそれが、王女として相応しい姿だと小さな頃から言われて育った。

無垢で純粋なだけが取り柄の娘では、高い地位に就く女性として相応しくない。

ただ女だというだけで侮られることの多い世の中で、自分の力と才覚で生きていけるようにと賢さと気丈さをカルディナに諭し続けたのは母だ。

なのに彼と接すると、母の教えがどこかへ行ってしまう。

カルディナの隠していた本心がひょっこりと顔を出して、彼女を王女ではなくまだ二十歳の若い娘であることを自覚させるように。

それがヒューゴの自分に対する柔らかな物腰が原因なのか、あるいは彼に対する好意が原因なのかはよく判らないけれど。

まだそんな自分の反応に、カルディナ自身が慣れていない。

こんなのは自分らしくないと思う傍から、でも触れられることが心地良くて、もっとその体温が知りたいと思ってしまう。

そんなことを考えて頭を混乱させている間にも、ヒューゴに舌を根本から先端までを舐《な》め上げられて、顎から耳元に掛けて痺れるような刺激の渦に放り込まれた。

「んむっ……」

経験したことのない甘い感覚に、ぶるっと勝手に身体が震え、同時に小さな声が漏れる。

意図せず鼻から抜けた声はどこか媚《こ》びを含んでいるように聞こえて落ち着かない気分になるけれど、それをゆっくりと考えている余裕はない。

「ふ、あ……んんっ」

ヒューゴの身体は、その唇も舌も手も、全てが熱かった。

触れられて感じるのは熱だけではなく、産毛を擽《くすぐ》られるような、身体の芯を探られるような、何とも不可思議な経験したことのないむず痒《がゆ》い感覚もあって、それらの全てがカルディナの体温を上げていく。

「あ……待って、息が……」

「待てない。呼吸はキスの合間か、鼻でするものだ。ほら」

教えられて再び深く口付けられても、なかなかすぐには上手《うま》くいかない。

鼓動が速過ぎて、頭がくらくらする。

舌を絡め、啜《すす》り合って互いの口を離せば、その間を淫らで透明な糸が繋《つな》ぐ。

彼の肉厚な舌が糸を断ち切るように唇を舐め取るさまが、妙に婀娜《あだ》っぽい。

彼は呼吸を許すように何度か唇を離しては、またちゅっと小さな音を立てて重ねてくる。

「んっ……」

小さく喉を鳴らして、くったりと力が抜けた頭を彼の肩に預けた。

荒く呼吸を繰り返しながら、ぼうっと逆上《のぼ》せたように伏せていた睫《まつげ》を上げると、こちらを覗き込むヒューゴの視線とぶつかった。

今のヒューゴは、まるで野生の獣のようだ。

飢えた欲望を満たし渇いた喉を潤すために、目の前に捕らえた獲物にどこから牙を立てようか、皮膚の柔らかな場所を探すように、獰猛《どうもう》な眼差しでカルディナを見つめている。

「口を開いて」

言われるがまま喘《あえ》ぐように口を開けば、再び彼はそこへ隙間なく唇を押しつけ、舌をねじ込み、そしてカルディナのそれを強く吸い上げていく。

短時間の間に一体何度口付けられたのだろう。

一通り閨《ねや》の教育は受けたけれど、こんな淫らなキスの仕方なんて教わっていない。

ひどくいやらしい。

そう思うのに、身体は触れ合う場所から元の形を失うのではと思うくらいに蕩《とろ》けてしまいそうになる。

互いの口の中で小さく響き合う湿った淫靡《いんび》な水音が、強い背徳感を刺激されて、よりいっそう身体の熱を昂《たか》ぶらせていくようだった。

「あっ……」

気がつくとカルディナの身は寝台に押し倒され、ヒューゴの逞しい身体で押さえつけられていた。

互いの身を隔てるのはそれぞれが纏う寝間着だけで、薄い生地を通して伝わってくる男の熱と匂い、肉体の生々しい感覚にくらりと眩暈《めまい》を覚える。

これまで守り続けてきた自分という人間がどこかに行ってしまいそうな気がして怖い。

救いを求めるように両腕を上げてその首に絡みつかせるようにしがみつけば、ヒューゴの両腕も同じようにカルディナの華奢な身体を抱き締め返してくれる。

「……旦那様」

そのまま、どれほどの間抱き締められていただろう。

どうやらカルディナは自分でも無意識の内に、小刻みに震えていたらしい。

まさか自分がそんな可愛らしい少女のような反応をするなんて、と気恥ずかしさと情けなさとを半分ずつ感じるものの、女性は、男性より失うものが多いと聞く。

ならばこの身体の反応は本能による正常なものなのかもしれない。

それでもカルディナはやはり複雑な顔をしていたようだ。

「大丈夫か？」

「えっ？」

「困ったような顔をしている」

苦笑交じりに指摘を受け、頰を撫でられた。

優しい触れ方にびくっと肩が跳ね上がる。

「困っているかと言われれば、確かに困っているのですが……」

「だが？」

「……どんな反応をすれば良いのか、判らないだけです。心配させて申し訳ありません。もうちょっと上手く対応できると思っていたのですけど……」

「素直に反応してくれる方が嬉しい。カルディナ、あなたはもう私の妻だ。二人でいる時くらいは、王女であることを忘れても良いのではないか」

確かにこんな時であっても、自分は王女で、ただ狼狽《うろた》えるだけの女性であってはならない、もっとしっかりしなくてはとそんな思いを感じていたのは事実だ。

でも言われてみれば確かにその通りで、彼と共にいる時くらいは肩肘を張らなくてもいいのかもしれない。

長年染みついてきたことなので、すぐに素直に振る舞うというのは難しいけれど。

「……なら、忘れさせてください。でも、もし私が泣いたり叫んだりしてみっともない姿を晒しても、二人だけの秘密にしてくださいね。外で暴露したら許しませんから」

コツリと額を合わせて訴える。

頬を再び擽るように撫でられて、彼は笑った、まるで少年のように。

「もちろん。良いな、是非交わしたい秘密だ」

是非、という言葉に相応しく彼の声はどこか嬉しそうだ。

触れ合い、身体の距離が近づいたことで心の遠慮が解けていくのなら、カルディナも、もう少し力を抜いても許されるだろう。

その思いのままに伸ばした両腕を再び彼の首に絡みつけ、今度は自ら唇を求める。

応じるように繰り返される口付けの合間、生地の上から彼の手がカルディナの太腿《ふともも》に触れた。

「あっ」

そのまま腰骨を辿《たど》って脇腹を這い上がるように乳房を持ち上げられる。

横になっても充分な質量を誇る若い乳房は、その手触りを楽しむように男の手によって様々に形を変え、扇情的に揺れた。

「良い手触りだ。いつまでも触っていたくなる」

「そんな……ひっ……！」

ヒューゴの指先がぷっくりと膨らんだ先端を探り出すのに長い時間は必要としない。

転がすように弾力のあるそれを捏ねられ、ピリッとした痛みにも似た鋭い刺激に息を詰めて肩を跳ね上げさせるも、繰り返し口付けを仕掛けられて甘い吐息は互いの口の中で消えてしまった。

「ん……あぁ……」

手の中で弾むように揺れる柔らかな乳房を捏ねながら、ヒューゴは幾度も口付けを繰り返した。

執拗《しつよう》に、どうすれば余すことなく味わえるかを探るように。

「旦那様……旦那様……」

「大丈夫だ、怖がらなくて良い」

どちらのものとも判らないほど混じり合う吐息と唾液を飲み込みながら、藻掻《もが》くようにカルディナの両手が彼の肩や背を擦った。

寝間着越しの生地の下で、彼が身動きする度にその肉体が別に意思を持った生き物のようになまめかしく波打つ。

瑞々《みずみず》しく躍動する鍛えられたしなやかな男の筋肉がはっきりと伝わってきて、胸の奥がひりつくように疼いた。

その生々しさに喉が渇きを覚えた。

「あぁ……」

つい先程彼を飢えて渇いた獣のようだと感じたけれど、それはきっとカルディナも変わらない。

自分の中で眠っていた情欲を煽《あお》られて、多分今は随分と猥りがましい目をしているに違いない。

日頃は大切に守っている理性がぐずぐずに溶かされて、元の形を失っていくような気がする。

自分でもどうして良いのか判らない持て余す感覚に無意識に身を揺らした時、ヒューゴの大きく指を広げた手の平が、カルディナの身体の表面を辿りながら、柔らかな女性らしい場所の形や弾力を確かめるように指を沈めた。

いつしかじんわりと滲《にじ》み出た汗が、寝間着を湿らせている。

それらはすぐに肌の上で玉を作り、身体の丸みを辿るように滑り落ちて二人の身体と、シーツを濡《ぬ》らした。

「熱い……」

吐息が漏れた。

遠慮を忘れたように身体の至るところに触れるヒューゴの手が気持ち良い。

触れられることに確かに快感を覚えて、煽られるように自分自身が興奮しているのが判る。

二人の間を隔てる布一枚が邪魔で仕方ない。

もっと直接、素肌に触れてほしいと幾度か胸元のリボンに手が伸びそうになる自分のはしたなさに気付いては、何度も奥歯を嚙み締めた。

もっと触《さわ》って。

繰り返し願いながらも、たった一言を口にできずに慣れない愉悦に身体の芯が震えた。

身体の奥が焦《じ》れったく、うずうずと落ち着かない。

自分はどこかおかしくなってしまったのだろうか。

こんなふしだらなことを願うようになるなんて、とても正常とは思えない。

なのに、ヒューゴの手によって寝間着の袷《あわせ》が開かれた時思ったのは、恥ずかしいという感情以上に、やっとかと待ち望んだ期待が叶えられた喜びだった。

「あ……」

この夜のために用意されたそれは、胸元のリボンをいくつか解くだけで簡単に前が開くようになっている。

その下には何も身に付けておらず、容易く肌を露《あら》わにすることが可能だ。

しかしヒューゴはすぐに袷を大きく広げてカルディナの肌を眼前に晒すような真似はしなかった。

不慣れな乙女の身体を気遣うように、あるいはカルディナの期待を知っていて焦らすように、肌の大半を薄い生地の下に隠したまま、僅かな隙間から内側へと自身の手を潜り込ませる。

「もどかしいか?」

「えっ……」

「腰が揺れている」

指摘されて、カアッと頰に血が上る。

思わず身を引こうとしたけれどヒューゴはカルディナを逃がしてくれない。

それどころか更に遠慮なく素肌を弄《いじ》られる、その手にまた体温が上がった。

生地の上から探られるだけでもその体温を熱く感じたのに、直接触れられると余計に熱い。

その上彼の手は酷使されることのない青年貴族とは違い、長年武器を扱い続けたせいで皮膚が硬くなって、少し荒れている。

その硬くてざらついた手の平が汗ばんで湿った娘の柔肌と擦れ合って、ひりつくような摩擦に得もいえぬ刺激を生み出した。

「ひゃっ……!」

意思にかかわらずぶるっと背筋が震えた。

ヒューゴの手はしっとりと濡れたカルディナの身体の表面を辿って、飽きもせず柔らかな肉の感触を楽しみながら擦っていく。

「美しい肌だ。やみつきになる……」

呟きと共に彼は腹を撫で、脇腹を滑り、そして直に乳房を包み込み。

他とは違う質感を生み出す先端をぎゅっと摘まみ上げられた時、胸の先を針で刺すような鋭い痛みに似た刺激が全身を駆け抜けて、思わず彼の肩にしがみつく手に力がこもった。

びくびくと揺れるカルディナの身体の反応を知りながら、ヒューゴは薄い笑みを浮かべて彼女の敏感な場所を指で扱き、擦り上げる。

こりこりと凝った先端と、柔らかな乳房の触感の違いを楽しむように。

「あ、あっ、ん……！」

刺激が強い。

月の障りが近い時、あるいは最中の時には胸が張り詰めて、その場所が衣服の生地に触れただけでも敏感に感じることはあった。

けれどそういうものなのだと思っただけで、こんな明確な快感を覚えたことはない。

なのに彼の手が触れるだけで、今までと受ける感覚が全く違う。

やんわりと肌をなぞられるのも、ぬるま湯に浸《つ》かるような心地よさがあるけれど、固く凝った場所を何度もしつこく指先でこすられると、そこから強烈な悦楽が全身を突き抜けるように広がって、カルディナの口から絶え間なくか細い、喘ぎを零《こぼ》れさせる。

「ん……ん、んっ……」

それどころか彼はカルディナに口付けを繰り返し、首筋や胸元に鬱血の花を咲かせながら頭を胸元へと下げていく。

辛うじて肌を隠していた薄布も、両手でカルディナの肩を撫《な》で下ろすように滑り落とされて、とうとう肌が露わになった。

ふるりと二つの乳房が彼の眼前に晒される。

どこかいたいけな少女のように不安そうに揺れながらも、それぞれの頂点で主張するように色づいた小さな乳首が、甘い果実のように充血してぷっくりと膨らんでいた。

まるで舐めてくれと言わんばかりに尖《とが》り震えるその場所に、ヒューゴの頭が落ちる。

「……ん……」

最初は柔らかな胸の感触を楽しむように。

そして輪郭を辿るように胸の膨らみに口付けて、口付けの痕を増やしながら、その範囲を広げていく。時折唇だけでなく、肌を舐める熱い舌の感覚に、悩ましい吐息が漏れた。

「あ、あぁ……」

藻掻いた両手がヒューゴの肩から滑り落ちて、シーツを摑《つか》む。

が、すぐにその両手は胸元に埋まった夫の髪を搔《か》き乱すように指を立てた。

絞り上げるように摑まれた胸の尖った先端に、彼の舌がねっとりと絡みつき強く吸い立ててきたからだ。

「ひっ、あっんっ……！」

脳髄を、熱した焼きごてで灼《や》かれるような強烈な快感に、固く合わせていた両脚が崩れた。

「あっ、駄目……！」

小刻みに腰が揺れ、つま先がシーツを蹴る。

両足の間からじわっと熱い液体が滲み出るものの感覚に、一瞬予定よりも早い月の障りが始まったのかと疑いたくなったが、もちろんそうでないことは本能で理解できた。

ヒューゴは口の中に含んだそれを、幾度も舌でしごき、押しつぶし、ときに歯を立てて強く吸い上げた。

その度に、じゅっと啜るような耳を覆いたくなる淫らな音が響いて、よりいっそうカルディナの羞恥を塗りつぶし、官能を煽る。

「ヒューゴ……旦那様……」

掠《かす》れた声で呼べば、胸元で視線だけがこちらを向いた。

射貫かれるような鋭い情欲に塗れた視線に、腰の奥にツキリと鋭い刺激が走り、再びもじもじと腰が揺れ、熱い吐息が溢《あふ》れ出た。

もどかしい。

一瞬そんな思いが過ぎった自分の思考にハッとする。

けれど何を考えているのだと自分を戒めても、一度自覚したもどかしさは膨らんでいくばかりだ。

もっと触って。もっと、たくさん。

そんな言葉を懸命に呑み込み、ヒューゴの身体にしがみつき続ける。

彼と自分とでは、当たり前だがあまりにもその作りが違いすぎる。

「どこもかしこも柔らかくて、乱暴に扱えば壊れてしまいそうだな」

比べてヒューゴの身体はどこに触れてもしっかりと通った骨格と、しなやかでありながら逞しい筋肉に覆われていて、ちょっとやそっとでは壊れそうにない。

正しく男という性を感じさせる肉体を前に、既にまともなことは考えられそうになかった。

相手にのめり込み始めているという意味では、きっとヒューゴも同じだろう。

彼女の胸元からようやく頭を上げたヒューゴもまた、自分が組み敷いている女性の身体を検分するように見下ろした。

それは大変に淫らな姿だっただろう。

中途半端に肌を隠す、寝間着の生地を引き剝《は》がす。

露わにした染み一つない白い肌には、今や鬱血の花が幾つも咲き誇って、肌の至る所を飾っている。

これまで男を知らず、慎《つつ》ましく肌を彩るだけだった先端は、今や真っ赤に充血して天井を仰ぎ立ち上がり、カルディナの荒い呼吸に合わせてふるりと揺れた。

敏感に尖った胸の先がよっぽど目に付いたのだろう。

再びぎゅっと摘まみ上げられて背が浮き上がる。

「ひっ！」

その指の強さは先程よりもいささか強い。

痛みを覚えてもいいはずなのに、その強さがよりいっそう気持ち良く、ビリッと身を竦ませるほどの甘い愉悦が胸から腰の奥を駆け抜けた。

「……旦那様、待って、あっ……」

身体が熱い。

意図していないのにおかしな声が出る。

少し触れられただけで、舐められて濡れ尖っていた胸の先がビリビリとじっとしていられないほどの刺激を訴えて、両足がパタパタと動いた。

「子どもみたいに暴れてどうした？」

「い、意地が悪いです……！」

「心外だな。ただあなたを慈《いつく》しんでいるだけなのに」

「もうっ……！」

どうして良いのか判らなくてヒューゴに縋るのに、彼はくすくすと笑いながら、片手でカルディナの背を宥《なだ》めるように擦りつつ、もう片手で乳房への悪戯《いたずら》を止めようとしない。

右を可愛がったら、左へ。

けなげに揺れる小さな果実に、彼は飽きることなく再び舌を這《は》わせ、指で扱《しご》いて捻《ひね》り上げながらカルディナに甘い声を上げさせる。

「あん、ん、ふ……」

今やカルディナの両胸はヒューゴの唾液に塗れていやらしく濡れ光っていた。

頬から首筋、胸元の肌まで真っ赤に染め、浅い呼吸を繰り返す彼女の姿に、稀代の悪女などと言う人間がどれだけいるだろう。

縋るような眼差しを向けるカルディナを見つめ、彼は呻《うめ》くように呟いた。

「ああ、可愛いな。……堪らない」

そんなことを言われたのは初めてだ。

ヒューゴが不意に上半身を起こすと、身に着けていた寝間着を無造作に脱ぎ捨て始めた。

寝台のサイドチェアに置かれたランプの橙色《だいだいいろ》に輝く光に照らされて、露わになった男の汗ばんだ肌は艶《なま》めかしく蠱惑的《こわくてき》な生々しい色香に満たされている。

「あ……」

何か自分とは別のとても淫らな生き物を目にしてしまったような気がしたが、その肉体

から視線を反らすことができない。

極限まで効率良く鍛えられた男の身体は、博物館の彫像よりも、絵画に描かれた男神よりも美しくそして淫靡だ。

何とかその光景を頭から追い出そうと慌てて視線を外すと、ヒューゴの手がカルディナの両膝に掛かり、左右へと割った。

あっと思った時にはもう彼女の両足は開かれていて、その間にヒューゴが身を落ち着けている。

「そんな……」

「何も怖いことはしないから、力を抜きなさい」

そうは言われても閉じていた足を開かされると、どうしても太腿が震える。

その奥がひんやりと冷たい。

隠そうとしても誤魔化せないぐらいしとどに濡れた花の蜜は、秘められた入り口から会陰を伝い、既にたっぷりとシーツに滴り落ちている。

少し腰を揺らすと尻が濡れたシーツに触れて、カッとカルディナの肌という肌を朱に染め上げた。

「濡れているな」

「……言わないで」

言葉に出されると恥ずかしくて、これ以上淫らな姿を見せたくないのに、その場所に彼の視線を感じると自然と腰が浮き上がり、その奥が蠢《うごめ》き始める。

ひくりひくりと淫らに蠕動《ぜんどう》する動きを直に感じて、自分の身体がこれまでと違うものに変わってしまったような錯覚に陥った。

いくら快楽で頭の芯が痺れていても、本能が自分の弱い場所を隠そうとする。

反射的に両足を閉じようとしたけれど、ヒューゴの身体が邪魔でできない。

逆にカルディナの無駄な抵抗を察したのか太腿を摑まれ、より大きく開かれて押さえつけられる。

秘めるべき場所を露わにされて、思わず息を呑んだ。

「……っ」

羞恥で身を震わせながら淫らに濡れ光る花園を目にして、彼は何を思っただろう。

目が合うと、彼がフッと笑う……その含みのある艶めいた笑みにガツンと頭の奥を殴られたような気がした。

「カルディナ」

ヒューゴが名を呼ぶ。

低く官能的な声で。

ただそれだけでまたカルディナの身体は反応して、たらたらと淫らな蜜を零す。

もう今の自分は、ヒューゴに何をどうされても顕著に反応してしまうのだろう。

「……もう、見ないでください」

じっと秘められた場所に注がれる視線がいたたまれない。

両手で自分の顔を覆い訴えれば、ヒューゴはまた小さく笑い、

「それは無理な相談だ」

そして彼女の身を抱き締めながら片手を両足の間に這わせてきた。

その指先が秘部に触れる時、もっと強い刺激に襲われるのかと思っていた。

「……っ……」

けれど実際は一瞬びくりと腰が揺れただけで、溢れ出ている蜜を絡ませるようにゆっくりと秘裂を撫でられても、じんわりとした不思議な感覚が広がりつつも、我を忘れるほど強いものではない。

これならみっともなく乱れることなく受け入れられるかもと、カルディナが僅かにホッとしたのも束の間。

秘裂の上部に隠れていた花の芯のような粒を探り当てられ、根本を擦るように愛撫《あいぶ》を受け始めると、身を襲う感覚は全く違うものに変化していった。

最初はやっぱりじんわりと。

けれど次第に熱が集まり腹の奥で、チリチリと燻《くすぶ》り始める。

ざらついた硬い指で花芯を包む包皮を剝《む》くように露出させられたその場所に、トンと軽く触れられた途端、びくっと腰が跳ね上がる。

「きゃっ……!?」

知らない感覚だった。

まるで剝《む》き出しの神経に直接触れられたような。

とっさに腰を引きたいのに引けず、また足がパタパタとシーツを叩《たた》き始める。

同じ場所を今度は根本を揉《も》むようになぞられながら、時折入り口の浅い部分を擽られると、再び秘裂の奥がぎゅうっと蠕動を始めるのが判った。

「あ、んっ……」

じわじわと感じる熱と感覚が、次第に蓄積していく。

それはみるみるうちに大きく膨らみ、凝縮された火の塊を抱えているような経験のない刺激に、ガクガクと太腿が震え始めた。

「ん、ふ……あ、あ、ああっ！」

経験のない感覚が怖い。

それなのに、気持ち良い、と。

頭がその感覚を認めてしまったら、後はもうどうにもならなかった。

「あ、ああ、あぁっ……！」

どんなに堪えても上擦った声が吐息と共に零れ出る。

鼻に掛かった甘えを含んだその声がまるで自分のものではないようで、それがまたカルディナの体温を上げる。

は、は、と再び呼吸が乱れ始めた。

何かがくる。

身体の中の熱がどんどん大きくなる。

それをどう逃がして良いのか判らない。

「旦那様……っ！」

救いを求めるように、ヒューゴの肩にしがみついたその時。

「カルディナ」

再び名を呼ばれた直後、下肢を弄っていた彼の指が、再び花芯のてっぺんに触れた。

それだけに留まらず、皮膚が硬くなった彼の指先が、顔を出したその場所を直に愛撫するから堪らない。

「きゃぁっ……!?」

途端ビリッと今までのどんなものよりも強い刺激に襲われて腰が大きく跳ね上がった。

溜《た》まりに溜まっていた熱が一気にはじけ飛ぶ。

「うっ……!!」

意思とは関わりなく、幾度も幾度も腰が跳ね、下腹が波打つ。

限界まで背が反《そ》り上がり、腰から下が強ばったようにわなわなと震えた。

悶《もだ》えている間中、まともに呼吸もできていなかったらしい。

やっと強烈な刺激の波が落ち着いた頃には、もう既にカルディナの呼吸は乱れに乱れきって、疲労困憊《ひろうこんぱい》で腕を上げることすら辛くなっていた。

しかしもちろん、このままで終われないのはヒューゴの方だ。

「これだけ濡れていれば、大丈夫だとは思うが……我慢できなければ言ってくれ」

ぬく、と下肢を弄るヒューゴの指が秘められた場所に潜り込んでくる。

半ば一気に指の根本まで押し入ったそれを身に含んでも、覚悟していたような痛みはなかった。

ただ慣れない場所を探られる奇妙な圧迫感と違和感はある。

「痛むか」

「……いいえ」

僅かに掠れた声で問われて、小さく首を横に振った。

その返答にヒューゴが埋め込んだ指を、少しずつ膣洞を広げるように動かし始める。

男を知らない娘の隘路《あいろ》は固く閉ざされていて、無理に押し入ろうとすれば激しい痛みを与えることは経験のないカルディナでも知っている。

隙間のない場所に無理に物質を詰め込んでも上手くいかないのと同じように、ヒューゴは少しずつ自分が入れる場所を作ろうとしているのだ。

最初は指を馴染ませるように。

続いて抜き差しを繰り返しながら、円を描くように回し始めると、中に空気が入り込んだのか、微《かす》かに水音が響き始める。

正直なところ、不慣れな身体では内側を直に弄られても、まだ快感らしい快感はない。

しかし表の花芯は違う。

内側と同時に、すっかり充血して尖った花芯を優しく嬲《なぶ》られると、折角少し落ち着いた呼吸がまた乱れて、腰が跳ね上がり、びくびくと中が蠕動を始める。

「あっ、そこ、いやぁ……！」

「悦い、の間違いだろう？」

まるでヒューゴの言葉を肯定するように、自分の内側が彼の指を食い絞め、ぎゅうっと縋《すが》り付くのが判った。

その指に内壁がしゃぶりつく度に奥から熱いものが溢れ出てきて、彼の手を伝い、外に零れてシーツに新たな染みを作る。

中では特別な何かを感じてはいなかったはずなのに、腰の奥が燻り始めると少しずつ様子は変わっていった。

「あ、あっ、んう……いっ……！」

小さな喘ぎを漏らしながら、同時にその声に明らかな甘さが混じった時、ヒューゴの指は二本に増えていた。

今度は閉じていた狭い場所を強引に拓《ひら》かれ裂けるような、ピリッとした痛みを覚える。

でもそれも幾度か抜き差しをされて、内壁をなぞり上げられると小さな痛みはすぐに消えてしまった。

「ん、んっ……」

再びシーツを摑んだ。

大きな波の中に放り込まれたように我が身が頼りなくて、縋るものが欲しかったのだ。

そんなカルディナの様子に、ヒューゴが指での愛撫を続けながらその身体を寄せてくる。

目尻に口付けられて、柔らかな唇の感触と温もりに知らぬうち自分が涙を零していたことにその時やっと気付いた。

「摑まるのなら私に摑まりなさい……そうだ」

「旦那様……！」

両腕を上げて、再び彼の首にしがみつけば、ヒューゴの唇は幾度もカルディナの顔に降り注いで、気が逸れている間に更に指が奥へ進む……その繰り返しが続いた。

気がつけば、既に互いの身体は汗まみれだ。

何をするにも肌が滑って、その摩擦がまた奇妙な悦楽を生み出し、ひっきりなしに抑えの利かない声が漏れる。

それからどれくらい過ぎた頃だろう。

少しずつ柔らかくなり、吸い付くように解け始めた内側の変化に、埋められていた指が抜かれる。

限界まで両足を大きく広げられ、腰が持ち上げられた後に、代わりにもっと違うものが押し当てられたのが判った。

指とは比較できないほど圧倒的な質量を誇るそれが何なのかを、今更確かめる必要はない。

「……いいか」

問う言葉は短かった。そしてそれに応える言葉も。

「……はい」

小さな頷《うなず》きを返した直後、それはぐっとカルディナの身体を引き裂くように押し入ってきた。

事前に充分な愛撫を受け、身体はほぐれていたにもかかわらず、それが侵入し始めた途端、襲ってきた身を引き裂くような痛みに声が詰まった。

「痛っ……！」

既に女性としてカルディナの身体は充分に成熟している。

しかし初めて男を迎え入れるその身体に侵入してくるものの質量が大きすぎる。

道なき道を切り開くような痛みに呼吸が止まった。

息を止めると全身が強ばって、その場所も固く締まる。

「は、はっ……」

何とか身体の力を抜こうと、懸命に細く呼吸を繰り返した。

痛みを訴えて叫びそうになる声を懸命に嚙み殺す。

こんな思いをして世の女性達は、それでも夫に身を捧げているのか。

それまで熱いくらいに昂ぶっていた全身の熱が一気に下がり、浮かんだ汗が一気に冷えていくようだ。

苦しい。

痛い。

でも、耐えられないほどではないと思えたのは、痛みで血の気が引いたカルディナの身体に重なるヒューゴの身体が温かく、そして触れる手に気遣いが感じられたからだ。

「カルディナ……カルディナ」

彼は幾度もカルディナの名を呼びながら肌を撫でる。

宥めるように、慰めるように、腕を、背を、腰を。

続いて大きく広げられた足を肩に担ぎ、露わになった繋がっている場所に指を這わす。

少しでも痛みとは違う感覚を与えてやりたいと言わんばかりに、ぷっくりと膨らんで立ち上がった芯への愛撫を繰り返される。

すると、痛みで強ばっていたはずの中がひくりとひくついて、何度も熱い蜜を吐き出しながら、ゆっくりと雄を飲み込んでいった。

「あ、あっ……あ、ん……」

ずっ、と中を引き摺《ず》るように擦られる感覚がした。

藻掻くようにヒューゴにしがみつく手が、何度も汗で滑って爪を立てる。

「息を止めるな……そう、ゆっくり吸って、吐くんだ」

「は、あ、あぁ」

ヒューゴは彼女の身を気遣っても、その腰を止めることはなかった。

少しずつ確実に広げられて埋まってくるモノの存在を食い絞めるように締め上げて、その形を覚え込まされながらどれほど過ぎた頃か。

「んんっ……はぁ……」

ぐうっと内臓を押し上げられる違和感と繊細な場所を擦られる痛みに喘ぎながらも、どうにか細く息を吐き出した時、やっと互いの腰が完全に重なり合った。

無言で二人の視線が結び合う。

気恥ずかしそうに笑う彼の笑みを目にすれば、自然とカルディナの口元にも笑みが浮かんだ。

その場所は、相変わらずジンと重い痺れが残り、鼓動に合わせてズキズキと響く。

痛みを堪えている間、ヒューゴは動かず、じっとカルディナを抱き締めてその傷みが和らぐ時を待っていてくれた。

「痛むだろう。よく受け入れてくれたな」

「……これくらい平気です」

「そのわりには随分可愛らしく啼《な》いていたが……まあいい、そういうことにしておこう」

「もう……言わないで良いんです、そういうことは……」

汗を拭うように彼の手がカルディナの額を撫でて、笑う。

そしてゆっくり腰を使い始めたのは、こちらの呼吸が落ち着きを取り戻し始めた頃だ。

最初は自身を馴染ませるためか円を描くように。

次第に浅く深くゆっくりと抜き差ししながら、自分の存在をカルディナの身に刻みつけるように。

乙女を失ったばかりの身体は途端にピリッとした痛みを訴えたけれど、繰り返されるヒューゴの抽送に次第に痛みは和らいで、声に再び甘い響きが宿り始める。

「あ、あん……あぁ……」

「は……」

繋がった下肢から、粘着性の高い水音が微かに響いた。

その音にやがて互いの肌を打つ音が混じり合う。

ヒューゴは何も言わない。

けれど彼の吐息や、少ない言葉、触れ合う肌から広がる温もりが不器用な優しさを伝えてくるようで、カルディナも荒い呼吸を繰り返し喘ぎながら、改めて彼に身を寄せた。

そんなカルディナを抱えて、ヒューゴは幾度も彼女の最奥を押し上げ、内壁を擦り、そして口付けた。

「あ、あっ、ああ！」

それらの全てを受け取りながら、身を繋げる、という言葉の本当の意味を理解したような気がした。

繋がるのは何も物理的なことばかりを指すのではない。

身体だけでなく心まで繋げて初めて本当の夫婦になるのだと感じる。

様々な事情で互いに愛情を抱けないまま身体だけの夫婦の誓いを交わす男女も少なくない中で、こんなふうに本当の意味で繋がり合える相手と出会えたことを僥倖《ぎょうこう》と言わずしてなんと言うのだろう。

「名を呼んでくれ、カルディナ……」

「……ヒューゴ」

名を呼ぶ、ただそれだけで彼は幸せそうに笑う。

そしてカルディナを抱き締める。

この人は、自分の夫なのだと強く感じた。

と同時に、彼が夫で良かったと心底そう思う。

相手がヒューゴでなければ、初夜はただ子を成すためだけの義務的な、非常に虚《むな》しい行為で終わっただろう。

そう思えば悪女と罵られたことも、王太子の我《わ》が儘《まま》にも感謝したい気分だ。

それらの出来事が重ならなければきっとカルディナは今ここにいないはずだから。

控えめに喘ぐ新妻を抱えて、ヒューゴはその身を揺さぶる。

滴り落ちる汗も、時折漏れる色めいた吐息や低い声も、何もかもが慕わしい。

その夜、二人は確かに夫婦になった。

幸せだなと、心から感じられる夜だった。


そうして二人の生活は穏やかに始まった。

公爵邸では王城のように些《さ》細《さい》な嫌がらせをする使用人もなく、誰もがカルディナを公爵夫人として丁重に扱ってくれる。

ヒューゴとの仲は、思った以上に順調だった。

「仲睦《むつ》まじいご様子に安心しました。お幸せそうで何よりです」

そう思うのはカルディナだけではないらしく、ニーナにも嬉しそうに告げられて頬が染まる。

「……私、そんなに幸せそう？」

「ええ、とっても。ルジアーナにいらした時より表情も柔らかくなって……公爵様には感謝しなくてはなりませんね」

自分では自覚していなかっただけに、指摘されると妙に気恥ずかしい気分になった。

でもきっと、ニーナの言うとおりなのだろう。

「幸せ……そうね、幸せなのだわ、私」

ヒューゴはとにかくカルディナの話によく耳を傾けてくれる。

そして同じように彼からも色々な話を教えてもらった。

二人は寄り添い、言葉を交わし、時に共に出かけて、様々なものを目にしては様々な意見を交わす。

また、言葉もなく寝台に導かれて、愛を交わし合う夜もあった。

「何だか私、不思議なのです。旦那様に抱いていただく度に、少しずつ変わっていくみたいで……」

「それは私に、あなたの身体が馴染んできた証拠だ。嬉しいよ」

その言葉を肯定するように、初めて身を繋げた時にはあんなに苦しかった行為も、幾度か繰り返すうちに苦しみや痛みは消え、次第に悦《よろこ》びばかりが身体を満たすようになった。

もちろんそうなるようにヒューゴが時間を掛けて丹念な愛撫を施している、という前提があってのことだ。

一方、慣れてくる身体とは裏腹に、一つだけ慣れないことがある。

彼に求められると嬉しいのに、どうしても気恥ずかしさが抜けない。

しかしそんなカルディナの反応も、ヒューゴには楽しまれてしまっている。

「あまりじっくり見ないでください、恥ずかしいですから」

「それは無理な相談だ。あんなに普段は毅然《きぜん》と振る舞っているのに、閨では別人かと思うくらいに初々しい反応をみせるなんて何かのご褒美としか思えないな」

「旦那様ったら……」

そんなふうに実に順調な夫婦生活だったが、だからといって何の問題もないかというとそうではなかった。

一番の懸念事項はやはりリオンのことである。

何とか彼のカルディナに対する感情を和らげたいとヒューゴは考えてくれているようだ

ったが、今のところその願いが叶う兆しは見られなかった。

「何度言わせる。あなたが何を言おうと、既に正式な結婚は済んだ。私は彼女と別れるつもりも手放すつもりもない。大体今度こそルジアーナと戦争でも起こすつもりか」

「そんなつもりはない！　ただ他に方法があるんじゃないかと訴えているんだ！」

「ならばその他の方法とはどんなものだ。全てを丸く収め、誰もが納得できる都合の良い手段があるのなら話してみろ」

一体何度、リオンとこんな会話を交わしたことだろう。

このところ王太子と顔を合わせると、いつもこの調子で言い争いになってしまう。

それでなくてもこの度のことで、リオンの立場は微妙なものになってしまっている。

王太子の不始末により奪われた領土の損失はあまりにも大きい。

国内の良識ある貴族や官吏達の中に、そんな問題を引き起こした王太子に対して厳しい声が上がっていることを、リオンが知らないはずがない。

「どうしてお前はそんなに平然としていられるんだ！　あの悪女がいつまでも大人しくしているはずがない！　復讐《ふくしゅう》でも考えているに決まっている！」

「その主張は不快だ。あなたはご自分に後ろ暗い思いがあるから、復讐などという物騒な言葉が出てくるのだろう」

「ヒューゴ！」

名を呼んで声を荒げる王太子に、内心のもどかしさと苛立《いらだ》ちを押さえてヒューゴは改めて言い聞かせるように告げた。

「忘れてもらっては困る。今回、我が国はルジアーナと、カルディナに大きな借りを作った。本来なら取り上げられて終わりだったボルノワ領を、完全に奪い取らずに使用の許可を出してくれたおかげで、我が国の民は今のところ飢えずに済んでいる」

「……それだって、あの女の企みの内かもしれない」

「いい加減にしろ。それ以上私の妻を侮辱する発言は許さない」

容赦なく凄《すご》むヒューゴの言葉に、リオンは、ぐっと言葉を詰まらせると執務机に突っ伏した。

まるでふて腐れた子どものような仕草をする王子に、ヒューゴの口からやれやれと溜息が零れ落ちる。

リオンの少し偏った正義感や潔癖症はヒューゴも承知している。

だがいくら他に想い人ができたからといっても、事実を確かめもせずに頑なにカルディナに対する噂を信じ込み、彼女を悪女と決めつける姿は妄信的すぎて違和感を覚える。

恐らく自分の知らないところで、リオンが拘《こだわ》る理由があるのだろう。

目付役とはいえ自分も常に王子の傍にいるわけではない。

自分の目が行き届かないところで妙な人間が接触していないか、王太子付きの近侍に確かめるも、そのような事実はないと言う。

だが違和感は消えるどころか強まるばかり。

その違和感が次第に明確な形を伴ってくる時は、もう少し先の話となるのだった。

第三章

盛大に行われた挙式から半月ほどが過ぎた。

結婚してから今まで、毎日のようにカルディナの元にはこの国の貴族達から山ほどの招待状が届く。

恐らくここ数年の上級貴族の結婚の中でも、自分達は大きな話題の的だ。

皆、噂の悪女とやらがどれほどのものかを確かめるために、手ぐすねを引いて待ち構えているのだろう。

ほぼ全てに結婚への祝福の言葉と、是非一度お会いしてご挨拶をさせていただきたいと書かれている招待状の中で、本当にその言葉通りの意味のものがどれほどあるだろうか。

それらの招待状を抱えながらカルディナが向かった先は、ヒューゴの書斎である。

「そろそろこちらでの生活にも慣れてきましたし、皆様にご挨拶も必要でしょう？　いただいた招待状の中で、旦那様のお勧めはどちらになります？」

ヒューゴが山ほどの招待状の中から弾《はじ》き出したのは、三通だった。

「そうだな……この中なら、やはりラジエル侯爵家だろうか。他にリメリー伯爵家、あとはハルバート伯爵家も悪くない。いずれのご夫人も社交界で顔が広い。親しくなれれば、あなたにとって損にはならないと思う」

「ラジエル侯爵夫人とは王妃様のお茶会でお会いしましたわ。ではそちらの三家のお誘いに出席の返事を出しましょう。旦那様はご一緒してくださる？」

「もちろんできる限り同行しよう。夫婦円満な姿を見せつけてやらなくてはならない」

この半月で自分達の会話も随分夫婦らしいものになったと思う。

最初はどこかぎこちなかった互いを呼ぶ言葉も、今ではすっかりと口に馴染んだ。

夫婦の仲を深め、ある程度この国での生活を安定させることができれば、次にカルディナが乗り込むのは社交界である。

ルジアーナからベルスナーへと逃れた事件の犯人をあぶり出さねばならない。

だがこれが一筋縄ではいかないことはカルディナも判っている。

何しろ以前は証拠不十分で逃がしてしまったので、捕らえるためには新たな証拠が必要となる。

その証拠をどうやって得るか、が一番の課題だ。

そういった目的を抱えながら、カルディナがベルスナー王国での社交デビューの場に選んだのはラジエル侯爵家の舞踏会だった。

ヒューゴのエスコートを受けてワインレッドの華やかなサテンのドレス姿で現れたカルディナを、ラジエル侯爵夫妻は大いに歓迎して出迎えてくれた。

「ロックウォード公爵夫人のデビューの場に当家の舞踏会を選んでくださったこと、大変光栄にございます」

今最も話題性が高いルジアーナの王女を一番に出迎えられたのだから、彼らの鼻もさぞ高いに違いない。

「この度はお招きいただきありがとうございます。まだこちらのお国の作法には疎く、失礼をしてしまうこともあるかもしれませんが、どうぞ広いお心でご容赦いただければ嬉しく思いますわ」

「今夜はそれほど格式張った夜会ではございません。どうぞお気持ちを楽になさって楽しんでください。皆様、公爵夫人とお知り合いになれる機会を待ち望んでおります。良い出会いの場となりますことを願っています」

なるほど、知り合える機会を期待しているという言葉は嘘ではなさそうだ。

さすがに露骨な視線を向けるほど非礼な者は少ないが、この場にいる多くの人々がさりげなさを装いつつもカルディナの動向に注意を払っている様子が伝わってくる。

ここでもカルディナの悪評は健在らしい。

この国で自分の悪女としての噂話はどんなふうに広まっているのか興味がある。

また好奇心とは違う敵意も感じた。

その多くが若い令嬢である理由は、多分カルディナのすぐ隣にいるヒューゴのせいだ。

恐らくヒューゴは彼女達にとっては最も魅力的な独身男性だったのだろう。

「ふふっ」

「なんだ、随分楽しそうだな」

「それはもう。浴びるほどの敵意の籠もった視線に、皆の目に私がどんな女に見えているのか想像すると、快感すら覚えますすわね」

「敵意を向けられて喜ぶ人間は少数派だと思うが」

「ただの敵意なら鬱陶しいだけですけれど、これは羨望の裏返しですもの。それだけ私の旦那様が素敵な男性だということでしょう？　妻として鼻が高くってよ」

ヒューゴの腕に両手を絡め、その肩に額を寄せながら、ふふん、と得意げな笑いが続く。

そんなカルディナにヒューゴは呆れ半分、感心半分といった様子で苦笑して彼女の額に口付けた。

瞬間、ざわっと会場内がどよめく。

「まあ……ロックウォード公があのような……」

無理もない、ヒューゴ・ロックウォードという青年は人前で女性に気安く口付けるようなタイプの男性ではない。

にもかかわらずこのような場で堂々と妻を愛《いと》おしむ様子を見せたのだから、誰だって驚く。

驚いたのはカルディナも同じだ。

不意を突かれて一瞬、カルディナの高飛車な仮面の下に隠された初心な素が露わになる。

だがそれを目にしたのはヒューゴだけ。

意味深に微笑む夫を軽く睨んで、すぐに元の表情を取り繕った。

「では、旦那様。皆様にあなたの妻を紹介してくださいます？」

「仰せの通りに。奥方殿」

ヒューゴに連れられて向かった先は、大広間の中央だ。

そこで一度離れ、向き合った二人はそれぞれにお辞儀をすると、同時に差し出した手を再び取り合う。

優雅な音楽が流れ始めたのはちょうどそのタイミングだ。

始めはゆっくりと。

徐々にテンポアップしてくるリズムに合わせてカルディナのドレスの裾が幾重にも広がる様は、まるでそれ自体が大輪の薔薇の花びらのようだ。

参加者は他にも多く存在するというのに、中央で踊る二人以外全ての人間がその動きを止めて、食い入るように若い公爵夫妻の姿に注目する。

ドレスの花びらは開き、閉じ、広がって、また閉じる。

金色の鮮やかな髪が、シャンデリアから会場内に広がる光を受けて、カルディナの姿を神秘的に輝かせた。

「あれは……本当に悪女か？」

そんな思いを抱いた者は一人や二人ではない。それほどにルジアーナから嫁いで来た花嫁は美しい花だった。

よりいっそう彼女を引き立たせるのは、彼女が浮かべる零れんばかりの笑顔だ。

カルディナは笑う、目の前の夫に向けて。

まるでこれほど愛しい人は他にいない、と言わんばかりに。

そしてヒューゴもそんな彼女に笑みで返す。

わあっ、と人々の間で歓声が上がったのは、二人のダンスが終わって数秒の間を置いた後のことだ。

カルディナとヒューゴの二人は、たった数分でこの場にいる多くの人々の敵意を感動に変えたのである。

「我が奥方は、大したものだ。たった一曲で多くの人間の目を釘付《くぎづ》けにするとは敵に回したくない女性だよ」

「あら。大事な旦那様の敵になんてなりませんわ、旦那様が私を裏切らない限りは」

「そうしよう。本当にあなたは興味深い」

またもヒューゴは興味深い、という言葉を口にする。

どうやらその言葉は、彼にとっては最大級の好意を伝える言葉であるらしい。

なら、自分は彼にとって常に興味深い対象であり続ける努力をせねばと思う。

そんなふうに考えている間にも、この夜会の主催であるラジエル侯爵夫妻が、感激したように身を震わせながら駆け寄って来た。

「素晴らしいですわ、ロックウォード公爵夫人！　いえ、失礼を承知の上で、どうかカルディナ様とお呼びすることをお許しいただけますか？」

「もちろんです。私もオーロラ様とお呼びしても？　こちらの国では知り合いもまだ殆どおりませんので、お友達になっていただけると嬉しいですわ」

すっかりカルディナに心酔したラジエル侯爵夫人は大喜びで肯くと、友人が欲しいと告げたカルディナに自身の友人を幾人か紹介してくれた。

いずれも社交界ではそれなりに影響力の大きい上級貴族夫人ばかりだ。

カルディナが貴婦人達に囲まれている間に、ヒューゴも紳士達に囲まれていた。

「やっぱりロックウォード公も格別目を惹きますね」

くすくすと笑いながら、ラジエル侯爵夫人が耳打ちしてくる。

「夫はいつも、あのように多くの方と？」

「そうですね、夜会に参加される頻度はとても少ないのですが、ご参加になる場合は大体いつも多くの方に取り囲まれていらっしゃいます。王族の血筋ということもありますが、公平で気持ちの良い方ですので」

その時ふと、ヒューゴがこちらに目を向けた。

視線が合うと、柔らかに微笑むその表情に、胸の内に甘い熱が宿り、胸が高鳴る。

あの微笑は危険だ。

普段生真面目な表情をしている時に、ふと表情を緩められるとそれだけで胸がときめくのに、そこに甘い色気まで含められては堪らない。

容易く動揺させられることが悔しくて取り繕うように羽扇を広げて顔の半分を隠し、目だけで微笑み返した。

けれど、きっと彼にはお見通しだろう。

その扇の内側の頬がうっすらと色づいていることなど。

そしてもう一人カルディナの様子をお見通しだったのはラジエル侯爵夫人だ。

「まあ」

と微笑ましげに夫人が目を細める。

その視線に気付かないまま、カルディナはそっと小さな吐息を漏らした。

「どうした。疲れたのか？」

「いいえ、そんな。私の旦那様は素敵な男性だと、改めて実感していたのです」

妻の元へ戻ってくるヒューゴをツンと顎を反らして迎え入れながら思う。

あれこれ考えて物事を企てるのは割と得意だ。

本音を隠して意味深に笑うのも得意だし、高飛車な王女らしく振る舞うこともそんなに難しいことではない。

でも初めて好意を持った人に、可愛らしく振る舞うというのがどうも苦手だ。

今だってあなたに見惚《みと》れていましたと、素直に言えたら可愛いはずなのに。

「カルディナ」

そんなことを考えていると、名を呼ばれた。

それだけでまたじんわりと頬が熱くなり、彼を見つめる瞳が潤む。

最近、自分は少しおかしい……否、彼と出逢ってから、ずっと。

「やはり疲れているようだ。今夜の目的は果たしたし、そろそろ引き上げないか」

「そうですか？　ではご挨拶をして帰りましょう」

それほど疲れているわけではないけれど、どうやら彼の方が帰りたそうだ。

共にラジエル侯爵夫妻へ退去の挨拶を告げ、会場を出た。

てっきりそのまま車停場まで向かうものだと思ったのに、違ったらしい。

外に出た途端に手近な樹木の下まで引っ張られ、

「なに？」

と思った時にはもう抱きすくめられて、上向かされた唇を塞がれていた。

大きく見開いたカルディナの目に、ヒューゴの肩越しに空を覆う枝葉の隙間から、欠けた白銀の月が見えた。

「ん……っ」

突然のことに驚いて小さく身じろぐカルディナの華奢な身体を、ヒューゴはなお強く抱き込む。

一瞬でも自分から気を逸らすことを許さないとばかりに。

何かを言おうとしても、角度を変え、強引に舌を絡め取る彼の同じそれに邪魔をされて、まともな言葉を紡ぐことなどできない。

「ん、ふ……」

まだ侯爵家の敷地なのに。

こんなところを人に見られたら、何を言われるか判らない……いや、新婚なのだから別に構わないのだろうか？

どうして自分はこんなところで急に抱きすくめられて口付けを受けているのだろう。

それも小さな水音が響きそうなくらい、互いの舌を絡め合う淫らな口付けを。

顔が燃えるように熱い。

足元から力が抜けてしまいそうで、縋るようにその背に腕を回した。

そのままどれほどの時間が過ぎた頃か。

「……いきなり何を」

「あんな顔をする、あなたが悪い」

「……私は、そんなにおかしな顔をしていましたか？」

実際に自分の顔が見えていたわけではないから想像することしかできない。

扇で顔を隠したくても、こんなにしっかり抱き締められていてはそれもできず、広い肩に額を押しつける。

やはり熱を持った耳朶に低い声と吐息が触れた。

「いいや。おかしくなどない。とても魅力的な顔をしていた」

ヒューゴは自分のことを朴念仁だと言うけれど、一体どこが朴念仁だと言うのだろう。

少なくともカルディナは全くそう思わない。

朴念仁だというのならそれを貫けば良い。

口の上手い男を気取るなら、そうすればいい。

でもヒューゴはその両方をごちゃ混ぜにしてくるから、そしてそれがカルディナにはとんでもなく魅力的に見えてしまうから、色々とおかしくなってしまう。

「……ずるい人」

呟いて、少し身体を離すと、その手に顎を掬《すく》われた。

直接互いの瞳を覗き込むような姿勢にまたもカルディナの鼓動が高まり、甘い疼きに似た熱は全身に広がっていく。

もう、月を見上げたりなんてしない。

ここがどこかも気にならない。

ただ目の前の人を見つめ、自らその身にしがみつくように爪先立つと唇を寄せた。

そして再び柔らかな粘膜がしっとりと重なり合う。

そのまま二人はしばらく離れることはないのだった。


こうして人々に強烈な印象を与え華々しくデビューしたカルディナだったが、状況が変化するまでにそう長い時間は掛からなかった。

それから間もなくして、何者かによって再び悪意ある噂がベルスナーの社交界を賑《にぎ》わせていたからだ。

「元々広がっていた噂とはいえ、再燃するのが早い。誰かが故意に広めていると考えた方が良いだろうな」

「そうですね。ルジアーナで悪い噂を広げられた時と同じです」

あともう少しで黒幕を捕らえて事件を解決できると意気込んでいたのに、最後の最後で逃げられたばかりか、一部の貴族達の反感を買って名を汚されたことを思い出す。

もちろん噂の内容の多くはでっち上げで、事実とは大きく違う。

「全く悪趣味なことをする。故意に流す方もそうだが、事実かどうかも判らない噂話に乗る方もどうかしている」

憤慨するように眉間に皺《しわ》を寄せるヒューゴに、カルディナは笑った。

「噂話に興じる者達にとっては、それが事実であるかどうかはそれほど重要ではないのです。むしろ内容がショッキングなものであればある程、喜んで広げるものです」

そしていつしか人々の間では「確証のない噂話」が「事実」に変わって、その噂の当人の評価になるのだ。

元々、こうなるだろうことは最初から予測していたので驚きはない。

カルディナが目立てば目立つほど、力を持てば持つほど、それを喜ばず、逆に危機感を抱く者がこの国にいる。

自分達の行いを後悔して、この国で震えて大人しくしている間はカルディナも手が出せないが、このように行動してくるなら相手にそのつもりはないのだろう。

ならばこちらも遠慮する必要はなさそうだ。

ただ、唯一気がかりなことがある。

「申し訳ありません、旦那様。私のせいでご迷惑をお掛けしていますね。ただでさえ色々とご心痛の多い時期でしょうに」

妻の評判が悪ければ、当然その影響は夫にも出てくるだろう。

言いたい者には好きに言わせておけば良いと思うし、今更傷ついたりもしないが、そのことだけは申し訳なく思う。

共に寝支度を済ませながら頭を下げるカルディナに、けれどヒューゴは気にした様子もなく低く笑った。

「最初からそういう約束だっただろう。あなたはこちらを利用すると言って、私はその条件を承諾した。あなたが謝罪する必要はない」

「ですが、ご迷惑をお掛けしないようにする、と約束しました」

「できる限り、だろう？」

からかうように告げられて、思わず顎を引く。

確かに『できる限り』と言った。『絶対』とは言っていない。

「この程度の噂で揺らぐほど、家も私も脆《もろ》くはない。それに夫が妻のために何かをするのは、当たり前のことだ。存分に利用すると良い」

こういうところ、ヒューゴは本当に懐《ふところ》が広い。

もちろん駄目なことは駄目だと言うのだろうけれど、自分の裁量内でどうにかなることなら、可能な限り自由にさせてくれるつもりなのだ。

「……旦那様」

気がつくと、そっと身を寄せていた。

「どうした?」

「……なんでもありません。なんとなく、です」

「なんとなく、か」

また低く笑いながら、ヒューゴの両腕がカルディナの身を絡め取る。

その胸に頬を擦り寄せ、彼の体温に包まれるのにも随分と慣れてきた。

とはいえまだまだ甘え下手なカルディナの不器用な振る舞いに、ヒューゴはどこか微笑ましそうな柔らかな笑みと共に彼女の肩を引き寄せると、その額に口付ける。

「それで、あなたの目的は順調か?」

「どうでしょう。多分、そろそろ何らかの動きがあるとは思うのですけども」

目的は順調かと聞きながらもヒューゴはそれ以上詳しい説明をカルディナに求めない。

だからといって興味がないというわけでは決してないのは判る。

彼は待っているのだ、カルディナが自ら口を開くことを。

(打ち明けても良いのかもしれない。旦那様はきっと悪いようにはしないはず。でも……)

ヒューゴが容易に自分との話を漏らすとは思えないけれど、もし何かに勘付いたリオンから迫られたら、彼の立場で最後まで王太子に秘密を守ることはできるだろうか。

そう思うと、どうしても二の足を踏んでしまう。

迷う様子が表情に表れたのだろうか。

「あなたが心から話しても良いと思った時に教えてくれれば良い。ただ、黙っていることであなたに危険が及ぶようなら話は別だが」

「心配してくださるのですか？」

「当たり前だ。あなたに何かあれば、どれほど後悔しても足りない」

その言葉に、不謹慎だと判っていても口元が綻ぶのを止められなかった。

結婚してまだ日が浅いというのに心を砕いてくれる彼の気持ちが嬉しい。

そんな彼の気遣いを、ただの配慮だと誤解をするほど、カルディナも鈍くはない。

自分は多分彼にそれ相応に愛されていて、同じように彼を想っている。

ダークブラウンの瞳を見つめながら内心速くなる鼓動を抑えてカルディナは笑った。

ふわりと小さな花が開くような笑みで。

「ありがとうございます、旦那様。私の夫は世界一素敵な方ですわ」

多分今自分の顔はうっすらと染まっているだろう。

唐突な好意を伝える言葉に、ヒューゴの目が更に大きく見開かれた。

驚愕《きょうがく》、という表現に相応しい反応に、もしかして迷惑だったのだろうかと少し不安になった時、ふと気付いた。

彼の目元がうっすらと赤く染まっていることに。

「旦那様？　お顔が赤くなっていらっしゃいますけれど。お風邪でも召されたのかしら」

少し意地悪だと判っていても、つい止められなかった。

ふふっと小さく笑いながら、その顔を覗き込むカルディナの耳に、掠れた声が届いたのはそれから数秒の間を置いてからのことだ。

「……たく……」

「はい？　よく聞こえませ……」

首を傾げ、その口元に耳を寄せようとしたその時、身体を引き寄せられる。

つい先程まで気恥ずかしそうに視線を反らしていたくせに、今は真っ直ぐに目を合わせるヒューゴの瞳を見つめ返すと、彼は言った。

「本当に、敵《かな》わないな、あなたには」

言いざま、目尻に優しい口付けが落ちて、肩を竦めて笑った。

カルディナは両腕を広げて、しっかり受け止めるように、重なる夫の身を抱き締める。

キスは好きだ。

正確には、ヒューゴに教えられて好きになった。

それまでは直接唇を重ね合わせるような親密なキスなどしたことがなかった。

噂の中のカルディナは口付けどころかとっくに純潔さえ投げ捨てて、毎日名も知らぬような男達と淫らな遊興に耽るふしだらな姫だと言う話だが、そんな事実はない。

そもそも生まれた時から女王の第一子として大切に育てられてきた箱入り娘である。

そんなカルディナを、ヒューゴは初めての夜、大切に抱いてくれた。

最初から彼女が無垢だと知っていたように。

「あなたの身体は、抱けば抱くほど私に馴染んでくるな」

「それはそうです。あなたしか知りませんもの……なんだか、時々いけないことを教えられているみたいな気持ちになります」

「なら、もっとそんな気分にさせてやりたい」

ヒューゴは、ソファから彼女の身を抱き上げると、そのまま寝台へと運ぶ。

そしていつもと同じように唇を重ねて、でもいつもとは少し違う荒々しさでカルディナの口内を探る。

「ふぁ……」

そしていつもよりも早急に互いの肌を露わにした。

大きく固い男の手の平が、身体の表面を辿るようにカルディナの腿を撫でてくる。

「んっ」

くすぐったさと性急な触れ方に驚いた彼女の身体が小さく跳ね上がった。

それだけでもう、幾度となく快楽を教えられた身体はびくびくと反応して、この先への期待で体温を上げていく。

「あ、旦那様……」

「……済まないが、今夜は少し、性急になるかもしれない」

彼の声が低く濡れている。

声が濡れるなんて表現は適切ではないかもしれないけれど、カルディナの耳にはそう聞こえた。

艶を含み色めいた彼の声は、普段のきびきびと歯切れの良い声とも、かといって二人きりの会話の時に聞かせてくれる穏やかで優しい声とも少し違う。

身に纏う全ての衣装を剝《は》ぎ取《と》られ、産まれたままの素肌を晒せば、その露わになった全身にヒューゴの刺すような視線が注がれた。

まるで眼差しだけで愛撫を受けているような気分だった。

羞恥で己の身体を隠そうとするけれど、すぐに止められる。

「なぜ隠す？　あなたの身体は隠す必要がないほど美しいだろう」

「もう、あまり意地悪を言わないでください」

抱き締められて、カルディナの豊かに膨らんだ乳房が彼の胸板に潰されて盛り上がった。

下肢ではヒューゴの膝が両足を割ってくる。

と同時に内腿《うちもも》の柔らかさを堪能するように両足の間に潜り込んでくる大きな手の感触に頬が赤くなった。

カルディナの唇をキスで塞ぎながら、ヒューゴは彼女の敏感な場所を幾度も指先で擦り上げた。

動きこそ単調なのにその行いは酷く淫らで的確だ。

火で炙《あぶ》られるような熱い刺激にあっという間にカルディナの腰がぶるりと震え出す。

夫婦の営みに慣らされたのはカルディナだけではなく、ヒューゴもどうすることが一番妻の良い反応を引き出せるのか、学んでいるらしい。

初夜に告げられた『良い方法を探っていこう』という言葉を実行するかのように。

「っ……あっ……‼」

目の前がチカチカした。

まだ何も含んでいない胎内が、ひくひくと物欲しげに蠢き出すのが判る。

強い刺激が怖くて思わず僅かに腰を引こうとするけれど、腰を摑む彼の手に引き戻され、それどころか更に熱心に秘所を探られて、幾度も細かく身体が跳ねた。

「あ、あっ、あぁ……っ」

色を成した声が断続的に漏れる。

じわっと波のように広がる熱と快感はこれまでにも幾度となく経験があるからこそ、身体の反応も早い。

もぞもぞと揺れ始める自分の腰つきに、駄目だと感じた。

このままだと、すぐに天井がやってくると。

特有の刺激から逃れようとしても、何故《なぜ》かカルディナの藻掻く両手は目の前の夫の胸を押し返すどころか、逆に縋り付くばかり。

シーツに沈んだ背が汗ばむ。

下肢を探る彼の手元から、聞くに堪えない淫らな水音が響き始め、カルディナの耳を犯した。

「だめ、旦那様……その音、いや……」

「何が嫌だと？」

間近で少し意地悪に笑う彼の声にすら、ぞくっと甘い愉悦が背筋を駆け抜ける。

もう、と抗議するようにその胸を叩こうとするけれど、それより先に上体を重ねられ、喉笛に食らいつくように口付けられて、顎が上がった。

「ふ、ん、ふ……」

チロチロと肌を擽る生温《なまぬる》い舌の感触さえ、言葉にできない疼くような官能を覚えて、彼の肩に指を彷徨わせる。

ぐいぐいと押しつけられる彼の胸板に潰された乳房の先端が強い摩擦を受けて充血し、固く尖り始めた。

そうなると、もうほんの少し擦れただけで、身体が跳ねる疼痛《とうつう》のような愉悦に背が丸まった。

「旦那様、あぁ……」

「もっとだ。もっと私を求めてくれ」

訴えるように囁きながら、ヒューゴの舌は顎から首筋に掛けて少しの隙間もなく口付けるように、肌を吸い上げていく。

チクチクと走る独特の小さな痛みの後、肌に咲いた赤い花をどう隠せば良いのか頭を悩ませる朝がまたやってくるのだろう。

しかし今はそんなことを考えている余裕などない。

どんなに堪えようとしても、触れられるその度に身が震える。

顎が強ばるような熱い刺激の渦に、奥歯が砕けそうなほど強く噛み締めた。

「ふ、ふ……っ……」

乱れた呼吸が漏れる。

まるで発情したケダモノのように。

いや、実際にその通りなのだろう。

ほんの少し前まで、男女の性愛など経験したことのなかったカルディナはもうどこにもいない。

抱かれる度、自分が少しずつ変わっていくのが判る。

淫らな姿も、いやらしい声も知られたくないと思うのに、ヒューゴに触れられるとすぐに訳が判らなくなって、そんなことはどうでも良くなって、ただ気持ち良くなることしか考えられなくなって。

こんな時、王女の教養なんて何一つ役に立たない。

できることはただしがみついて、その行いに身を捧げながら全てを受け入れるだけだ。

気がつくとカルディナは自ら腰を揺らし、胸を押しつけていた。

逆上せて熱に浮かされるようなその顔には、きっともう気品なんて存在しないに違いない。

じん、と擦れる胸から甘い痺れが突き抜けて腹の奥へと落ちていく。

秘所はそこを弄る彼の指ごとしとどに濡らして、泥濘《ぬかるみ》のように綻んでいることだろう。

もう充分ほぐれたと判断したのか、秘所から離れた両手がカルディナの腰を摑み、そのまま自身の腰を押しつけてきた。

硬くなった彼のものが擦りつけられ、期待に震える甘い声が漏れた。

彼も興奮しているのだと思うと、表面だけの触れ合いがひどくじれったい。

「……旦那様……旦那様」

呼ぶ声が自然と甘く切ないものになる。

そんなカルディナの顔を間近で覗き込みながら、ヒューゴは笑った。

「それも良いが、こういう時は名を呼んでほしい、カルディナ」

「それは……」

共に肌を合わせる時、ヒューゴは名を呼ばれることを好む。

彼の好むことは何でもしてやりたいと思うけれど、ただ名を呼ぶだけなのに、なぜいつもこんなに気恥ずかしい気分になるのだろう。

そんなことよりも今の状況の方がもっと、遙《はる》かに恥ずかしいはずなのに。

「どうした」

なぜか言い淀むと、ヒューゴがどこか楽しげに問いかけてくる。

最近、彼は時々意地悪な顔を見せることも増えてきた。

そのダークブラウンの瞳を軽く睨んだ直後、ぐっと身を寄せるとその顎に噛《か》みつくように歯を立て、舌先でちろりと齧《かじ》り付《つ》いた部分を舐めれば、うっすらと汗の味がする。

ぴくっと僅かに跳ねるヒューゴの筋肉の動きをまざまざと感じながら、カルディナは彼の胸元に手を這わせると、汗ばんだ肌を撫で、そしてその名を呼んだ。

「……ヒューゴ」

はっと彼が息を呑んだのは、名を呼ばれたせいか、あるいは彼女の指先に平たい胸の頂きを擽られたせいか。

男性でもその場所で愉悦を感じることは可能らしい。

僅かに喉を鳴らしながらヒューゴはカルディナの腰を摑むように一度互いの身を引き剝がすと、ふっと口の端を釣り上げる。

「本当に悪戯好きな奥方だ」

「お嫌いですか」

「いいや。悪くない」

ヒューゴはまた笑い、そして耳元で「カルディナ」と彼女の名を呼ぶ。

吐息を吹き込むように名を呼ばれて、頭の中が茹《ゆ》で上がるような気分になった。

彼の声は駄目だ、ただでさえ低く快い声なのに、そこに色香が混じると殆ど凶器のように腹の底に響いて、女の中心を甘く痺れさせる。

こういう時カルディナがヒューゴの声に弱い、というのはどうやらもう知られているらしい。

無理もない、囁かれる度に達する直前のように熱っぽい顔で喘ぎ、内側に男を誘うように下腹を波打たせれば誰だって気付く。

熟した果実のように真っ赤に染まった頰に齧り付くように歯を立て、口付けられた。

「んっ！」

頬へのキスですら、ぞくぞくと駆け抜ける快感の波が止まらない。

思わず背を仰《の》け反《ぞ》らせる彼女の形良く震える乳房に熱い舌が滑り落ちる。

幾度も擦られ熱を持ったその場所は、とうの昔に充血し、硬く尖って己の存在を主張するように膨らんでいた。

そこを容赦なく舐《ねぶ》られながら、下肢では再び太い指に直接花弁をなぞられると堪らない。

ざらついた指先に、少し手荒に探られたその場所は、既に指先が滑るほど熱く泥濘《ぬかる》んでいる。

ただ触れているだけでなく、もっと強い刺激がほしいと腰が揺れる。

「いや、足りない……もっと深くに来て」

正気ではとても口にできないような言葉を口にして、胸元にある夫の頭を掻《か》き抱《いだ》くように己の乳房に押しつければ、彼は確かに笑ったようだった。

満足そうに、野生の猛獣のように。

ひときわ赤く充血した乳首に吸い付かれた。

そう思った直後、先程からずっと疼いて堪らなかった秘口に、ぐちゅりと淫らな音を響かせて太く硬い指が押し込まれた。

「あぁっ」

それも一度に二本も。

「は、あっ、んっ……‼」

内側を強引に拓かれるのは苦しいはずなのに、もはやカルディナの胎内は痛みよりも膣壁を擦り挙げられる淫らな愉悦の方が強かった。

艶めかしく身悶えする彼女のその場所にヒューゴの二本の指が根本まで沈むまでの時間はほんの僅かだ。

固く強ばり怯えていたはずのその場所は、今やそんな過去など忘れたようにすぐさま熱く柔らかく絡みつき、その指を奥へ、更に奥へと導くように蠕動する。

「あ、ヒューゴ、もっと、んっ」

もはや意味のある言葉など出てこない。

内側の悦いところを何度も扱くように擦り挙げつつ、表の花芽を親指で小刻みに擽られれば、悦楽を覚えた身体はすぐに官能の階段を駆け上がっていく。

カルディナの両脚の奥からは絶え間なく蜜がこぼれ、鼻に抜けるような甘い声が漏れる。

「あ、あ、だめ、だめ……！」

何が駄目なのか自分でも上手く説明出来ないまま、その頂上まで登り詰めようかという
その時だった。

「……あっ……？」

思わず快感に混じって訝《いぶか》しむ声が漏れた。

無理もない、あと少しで達しようとしていたのに、その直前で止められたのだ。

発散しようとしてできなかった蓄積された熱が腹の奥で燻り、もじもじと切なげに腰を揺らす。

「ヒューゴ……？」

不思議そうな、不満そうな、どちらとも取れる頼りなげな表情で夫を見つめたカルディナの胎内からずるりと指が引き抜かれる。

「あ」

そうして、抱えられた両脚が大きく広げられた。

その奥の秘められた場所を露わにするように。

羞恥に頬を染めるも、入り口へと押し当てられる大きく硬い確かな質量を誇るものの存在に、その先を期待してしまうのを止められない。

その時、彼と目が合った。

これまでその時には必ず一声掛けてくれていたはずだったが、きっと今はその視線が合図だったのだろう。

二度三度と密口の場所を確かめるように先端で秘裂をなぞり、そして一気に押し入ってきた。

「ひ、あぁっ……!!」

ぞろりと繊細な内壁を肉竿で擦り上げられて、仰け反ったカルディナの喉から引きつった悲鳴に似た喘ぎが迸《ほとばし》る。

指とは比べものにならない圧迫感と、ぞくぞくと腰を駆け上がって行く熱い痺れのような刺激に呼吸が止まりそうになるが、最初の時のような痛みはもう存在しない。

「熱い……」

呻くようなヒューゴの声が漏れる。

大きな手に腰を強く引きつけられながら、自身を貫く雄の存在にカルディナの中はひっきりなしに悦び、蠢き、そして絞り上げるように強く柔らかく絡みついた。

「あ、ああ、いい、あぁぁッ!」

直接内側で触れ合う、火傷《やけど》しそうなほどの熱は、もはやどちらのものか判らない。

奥へ、更に奥へ。

彼女の中が導くように蠕動を繰り返す。

まるで何か別の生き物でも蠢いているかのように。

ヒューゴの雄芯は、腰が浮き上がるほどカルディナの膝を深く押さえて、抉《えぐ》るようにその最奥へと辿《たど》り着《つ》く。

ぐうっと内側から内臓が押し上げられる感覚に、カルディナは止まった息を何とか細か

く吐き出した。

噴き出した汗が全身を濡らす。

知らぬうち閉じていた瞼《まぶた》を上げれば、額から流れ落ちた汗の雫《しずく》が目に流れ込んで視界を曇らせる。

霞《かす》む視界に、それでもカルディナは自分が今どんな格好をしているのか、ヒューゴとどう身体を重ねているのかをぼんやりと見分けることはできた。

「……辛くないか」

問いながら、彼の指先がカルディナの目元を拭う。

ほんの少しクリアになった視界に、ヒューゴの顔が映った。

辛くないかと尋ねながら、彼の方が辛そうだと思ったのはきっと気のせいではないだろう。

互いの腰は既に少しの隙間もなくぴたりと重なり合っている。

どちらもが素肌を晒したまま、汗まみれの身体で交わり合う姿はある意味滑稽かもしれない。

でもその姿が、どうしようもなく艶っぽく、そして愛おしい。

「平気、です。それより、もっと、奥に……動いて、あなた」

ほんの僅かに声が喉に引っかかった。

聞き苦しい声かと思ったが、それでもきちんと彼の耳には届いたようだ。

ヒューゴは口元を綻ばせると、カルディナの求めに応じるようにゆっくりと腰を揺らし始める。

最初は互いに繋がった場所を馴染ませるように。

「ん」

ゆらゆらと優しく揺すられる刺激は柔らかいはずなのに、その度に産毛が逆立つほどの悦楽に襲われて、ぶるっ身震いしてしまう。

身体を押さえ込む彼の腕に爪を立てた。

「いい、気持ち良い……」

快楽を訴える女の声に煽られるように、すぐに彼は大きく揺すり立て始める。

縋り付くカルディナの内壁を振り切り、容赦なく奥を抉り突き上げるように。

「ひ、うっ……あぁぁっ‼」

ビリビリと腹の奥だけでなく、指先も足先も痺れるような感覚が走った。

ひときわ痺れが強いのはやはり腹の奥で、容赦なく擦り上げるように抽送を繰り返されて目の前で火花が散る。

強く突き入れられ、花弁を巻き込みながら熱く中をかき混ぜられる強烈な刺激を与えられては、先程中途半端に止められて、発散しきれずに快楽の火を燻《くすぶ》らせていたカルディナの身体はそれ以上堪えようがない。

「あ、あ、あぁあッ⁉」

とっさにひどい声が出た。

掠れて、裏返った女の嬌声《きょうせい》だ。

こんな声自分のものじゃないと否定したいのに、ヒューゴが腰を動かす度、中を突き上げる度に先程と同じ声が口を突いて溢れ出て、否定できなくなる。

ずんずんと強く奥を叩かれるのは痛くて苦しい。

なのにヒューゴは、ずん、と先端が奥を強く叩く直前で少しその速度を緩めてじんわりと押し上げるように突いてくるから、痛みよりも重く響く振動と、ごりっと子宮口を抉られる強烈な快感に、今度こそ一気に頂上まで駆け上がって行く。

「ひ、んんっ……‼」

先程の酷い声に比べれば随分と控えめだ。

しかしその分ぐっと奥歯を噛み締めたことで中の雄をより強く熱く柔らかく締めつけて、捻れるような動きで絞り上げる。

「は……くっ……！」

強烈に吐精を促す女の密洞に、ヒューゴがようやく己の熱を解放したのはどれほどの密事が繰り返された後か。

しかし一度吐き出しても彼の欲望は収まらなかった。

休む間もなく二度目の交わりに誘われて、カルディナはひたすらに甘い声を上げさせ続けられることになる。

どうやら今まで自分は相当に手加減されていたのだなと実感したのは、様々な体位で貫かれる長く濃密な時間を過ごし、半ば気を失うように眠りに落ちる直前のことだった。


カルディナの求めていた変化は、それから間もなく、王宮で主催された大舞踏会の夜に訪れた。

いつかくるだろう、そう予測していた接触だった。

しかしそれはカルディナの想像とは二つほど大きく違っていた。

そこにはカルディナが予想していなかった人物がいて。

そして、彼らを自分達の元に連れてきたのは、このベルスナー王国王太子、リオンだったからだ。

第四章

その瞬間、カルディナの表情に僅かな緊張が走ったことにヒューゴは気付いていた。

それは本当に些細な変化で、殆どの者は彼女が余裕のある落ち着いた笑みを浮かべているようにしか見えないだろう。

そんなカルディナに同じく微笑みを向けるのはリオンである。

「ルジアーナ王国から留学で我が国に滞在しておられる、マクネイアー伯爵とグリード子爵です。彼らは公爵夫人とは古くからとても親しいお付き合いをなさっていたそうですので、今更ご紹介は不要とは思いますが」

一見優雅な王族に相応しい微笑を浮かべたまま、王太子は自身が引き連れてきた者達をカルディナへと引き合わせる。

けれどリオンのその目は笑っていない。

無言でヒューゴが牽制《けんせい》するように王子へと目を向けるが、それに気付きながらもリオンは知らぬ顔をしている。

まるで黙って大人しく見ていろ、と言わんばかりに挑発的なリオンの様子に、彼がこうすることで何か自分に訴えたいことがあるのだと、ヒューゴは察する。

必ずしもそれが自分の望むことではないかもしれないと、承知の上で。

嫌な予感がする。

ほんの僅か、眉間に皺を寄せたヒューゴにカルディナがそっと身を寄せたのはその時だ。

「王太子殿下自らにご案内いただきまして、ありがとう存じます。マクネイアー卿《きょう》を始め、グリード卿、そして皆様方もお元気そうで何よりです」

異国の地で昔からの知人に会えて嬉しいと懐かしそうに目を細めてみせる彼女の表情は平静そのもの。

けれどエスコートするヒューゴの腕に置かれた手が、ぎゅっと強く握り締めてくる。

まるで縋るようなその手の力が、彼女の内心の動揺を伝えてくるようだ。

「ロックウォード公には初めてお会いいたします。セドリック・グラッツェンと申します。こちらではマクネイアーという、実家の従属爵位の一つを名乗らせていただいています」

一歩前に進み出て、カルディナの足元に跪いたのは先程マクネイアー伯爵と紹介された青年貴族である。

年頃はヒューゴよりは下、リオンよりは上と言ったところか。

整った繊細な顔立ちの学者風の青年だ。

ヒューゴに比べれば線が細く頭半分ほど背の低い、見るからに優男だが、こうした貴族的な雰囲気の強い青年を好む令嬢も多い。

またグリード子爵と紹介された青年も、愛想という意味ではセドリックに劣るが、優雅な所作は良くも悪くも貴族らしい。

恭しい口調でマクネイアー伯爵、セドリックが告げた。

「この度はご結婚おめでとうございます。カルディナ姫……いえ、現在はロックウォード公爵夫人とお呼びするべきですね。今更合わせる顔がないとしばらく躊躇《ためら》っておりましたが、せめて結婚のお祝いとご挨拶だけでもと恥を忍んで参りました」

「マクネイアー卿と、公爵夫人はご婚約を交わしていらっしゃったとか。ああ、もちろん以前のお話です」

そこへリオンが口を挟む。

王子とはいえ他者の会話にこのタイミングで割り込むのは不自然だ。

再びリオンから意味深な視線を向けられて、ヒューゴは溜息を呑み込んだ。

なるほど、リオンの目的はこれか。

以前の婚約者とカルディナを引き合わせて、彼女がどんな反応をするか見届けてやろうという心づもりなのだろう……もちろん少しでも隙があれば、それを責めるつもりで。

しかしカルディナはそこで付け入られるような隙は見せなかった。

「王太子殿下が仰るとおり、もう過ぎたお話です。それよりもお身体を壊して領地にお戻りになられたと伺っていましたが、無事にご回復されたようで安心いたしました」

にっこりとそつのない返答を返した彼女の反応に、リオンが不快げに眉を顰めた様子をヒューゴははっきりと見ている。

その様子にヒューゴの腹の中でどろりと濁る感情がある……もちろんその矛先はリオンだ。

一方でマクネイアー伯爵の言葉は続いた。

「その節は大変なご迷惑と非礼を心よりお詫び申し上げます。実は体調が回復したのを機に、見聞を広めるためにこちらに留学をしております。ベルスナー王国には大陸でも指折りの権威あるアカデミーがございますので」

「ではグリード卿や他の皆様方と同じく？」

「はい。皆良い学友として、互いに切磋琢磨《せっさたくま》しております」

今度カルディナの問いに答えたのはグリード子爵である。

その場は同郷の者達による朗らかな談笑の場が作られた……ように見えた、少なくとも見かけだけは。

だが実際は違う。

彼らと談笑している時も、それが終わって別れた後も、他の貴族との社交の間も、カルディナがいつになく気を張っている様子が感じられる。

そして特有の緊張感を抱いたまま、彼女は最後までロックウォード公爵夫人という役を演じきった。

だからだろうか、やっと全てを終えて帰宅するための馬車の中で吐いた溜息が酷く重く聞こえたのは。

「……大丈夫か？」

ヒューゴの労る言葉に、咄嗟にカルディナは仮面を被ろうとしたようだ。

「大丈夫です、何ともありません」

恐らくこれまでずっとそうしてきたように。

けれど答えてからすぐに、心配そうなヒューゴの眼差しに気付いたのだろう。

ほどなく被りかけていた仮面を外し、素顔を見せる。

「でも少し……疲れてしまいました。心配させてごめんなさい」

いつも溌剌《はつらつ》としている彼女にしては珍しく覇気のない声だった。

でも弱った姿を見せてくれるくらいには信頼してもらえているようで安心した。

手袋を外した手で、彼女の頬を包み込む。

「……旦那様？」

突然触れられて驚いたように華奢な肩がぴくりと揺れるが、拒絶する反応はない。

多分ヒューゴの肌の温もりが温かかったのだろう、心地良さそうに目を細める姿は、警戒心の強い猫がようやく心を許して擦り寄ってきた姿に見えた。

「少し寄りかかると良い。その方が楽だろう」

引き寄せるようにその頭を自分の肩にもたれかけさせると、彼女は素直に身を預けてきた。

「ふふ、旦那様は私に甘いですね」

「当たり前だろう。妻に甘くしないで誰に甘くしろと？」

「そうでした。……ありがとうございます」

恐らく今夜顔を合わせたあの青年貴族達との間に、過去に何らかの因縁があったのだろうと思う程度の推測はヒューゴにもできる。

カルディナをこれほど警戒させ気を張らせる、どんなことが彼との間にあったのかが気にならないわけではない。

けれど今は疲れて自分に身を預けている彼女をまずは休ませてやりたかった。

詳しい話は彼女が自ら口を開く時まで待とうと、そう決めたのだ。

「……カルディナ？」

その時、ふと、肩に掛かる重みがほんの少し増した。

横目で隣を見やれば、カルディナが長い睫を震わせながら、いつの間にか眠りについている姿がある。

彼女がこうも無防備な姿を見せてくれるのは多分自分に対してだけだと思えばその信頼が嬉しい。

自由奔放に振る舞っているように見えて、カルディナは女性には珍しいくらい理性的だ。

恐らく何か目的があって、あえて世間が望む王女と悪女の二つの仮面を被っている。

多分本当の彼女は、ヒューゴの前だけで時折見せてくれる、初心で純粋で健気《けなげ》で、どこか人を頼ることが下手な、どうしようもなく可愛らしい女性なのだと思う。

「……目的とやらが叶えば、もう自分を偽らなくとも、あるがままに本来のあなたとして振る舞える時が来るのか？」

呟く声に返答はない。

けれどそうであれば良い。

その時が一日も早く来るようにと願いながら、ヒューゴは眠る妻の額にそっと口付けた。

そして彼女を夫婦の寝室へと運び込み、共に同じ寝台で眠りについた翌日。

ヒューゴは再び王城へと舞い戻っていた。

向かった先は、王城の中でも内宮《ないぐう》と呼ばれる限られた者しか立ち入ることを許されない、王族のプライベートゾーンだ。

いくつかの階段を上がり、右手へ。

その途中の廊下で、ヒューゴは意外な人間と出くわした。

本来このような場所にいるはずのない人間だ。

「これはマクネイアー卿。意外なところでお会いしますね」

言外に何のためにここにいるのだと問うヒューゴに、セドリックは一見穏やかに笑って一礼して見せた。

「昨夜のお礼を、リオン殿下にお伝えしに参ったのです」

「こんな早朝に、直々にですか？」

礼ならば書状を一通寄越せばそれでことたりる。

むしろ朝早い時間に直接押しかけてくる方が、普通は迷惑だろう。

しかし彼の様子から、この先にある王太子の私室へやってくるのは今回が初めてではなさそうだ。

「リオン殿下は随分、あなたと親しくお付き合いをなさっているようですね」

「いえいえ、あなた様にはもちろん敵いません。ただ色々とお気遣いはいただいております。ロックウォード公も昨夜はありがとうございます。大変有意義な時間を過ごさせていただきました。どうぞ奥方様にもよろしくお伝えください」

「わざわざご丁寧にありがとうございます。妻も喜ぶでしょう」

不審な点はあるものの、問《と》い質《ただ》すならばセドリックよりもリオンの方だ。

表向きは友好的に振る舞いながら、社交辞令でしかない挨拶を交わしてすれ違う。

自分の背に彼の視線が注がれていることに気付いているが、あえてヒューゴは振り返らなかった。

そうして更に廊下を進めば、今度はその終着点となる近衛騎士達に守られた部屋から、また別の青年が姿を現す。

近侍のサフランだ。

二人分の茶器が乗せられたワゴンを押しているところを見ると、先程のセドリックを持てなした後なのだろう。

どうということもない日常的な光景のはずなのに、サフランはヒューゴの姿を認めた途端、強ばった表情でその動きを止めた。

「閣下……おはようございます」

「誰が来た？　お前には以前から殿下の交友関係について逐一報告するようにと命じていたはずだが、今日の今の時間に来客予定があるとの報告は受けていないな」

「そ、それは……その、急な来客で……」

「急？　つい先程そこでルジアーナのマクネイアー卿と顔を合わせたが。かの国の貴族はこんな早朝に突然他国の王太子の元へ約束もなく押しかけるような行いが礼儀ならば、女王陛下に厳重に抗議しなくてはならないな」

ヒューゴの言葉はただの脅しではない。

彼は実際にやると明言したら、その通りにする男だ。

途端に青ざめたサフランは、身を投げ出すようにその場で額《ぬか》づいた。

「も、申し訳ございません！　王太子殿下に、きつく口止めをされておりました！」

「いつからだ」

「こ、こちらに出入りされるようになったのは三、四ヶ月ほど前からです。ですが……交流自体は、一年以上も前からお持ちになっていらしたようで……」

ということはリオンが結婚を嫌だと騒ぎ出した時期と見て良いようだ。

溜息が出た。

そんな以前から交流があったことをリオンも、サフランも、そして近衛騎士達も口を噤《つぐ》んでいたとは。

無論ヒューゴ自身、王太子の言動を把握し切れていなかった落ち度はある。

言い訳だがリオンが結婚を拒否して以来、ルジアーナとの交渉事にかかり切りになっていて、傍にいないことの方が多く、目が行き届いていなかった。

その隙を突かれたのだろう。

しかし、だからといって自分への報告を怠って良いわけではない。

「私は目付役として、陛下より王太子殿下の身辺に関わる一切の権限をお預かりしている。

時に私の言葉は殿下の言葉を上回ることは承知しているな」

「も、もちろんでございます！」

「詳しい話は後で聞く。荷物を纏めて自室で待機していろ。沙汰は負って知らせる」

ハッと強ばった表情のままサフランが顔を上げる。

「申し訳ございません！　どうかお許しを！」

そして額をこすりつけて謝罪を繰り返すが、ヒューゴが許しを与えることはない。

彼の視線は傍らで警護する近衛騎士二人へも向けられた。

「お前達も同罪だ。近く、近衛隊長と人事について見直す。そのつもりでいろ」

騎士達が息を呑んだその時、閉ざされていたリオンの部屋の扉が内側から開いた。

顔を出したのはこの部屋の主である。

「なんだ、騒がしい……と、ヒューゴ。来ていたのか」

ヒューゴが王太子の元へ通うのは日常的な行いだ。

普段なら顔色を変える必要などないはずなのに、何か後ろめたい自覚があるのか、リオンの反応はいささかぎこちない。

そのリオンにヒューゴは微笑み、そして彼を部屋に押し戻すように自らも扉の内側へ踏み込む。

「おはようございます、殿下。つい先程、命令に従わなかったあなたの近侍に暇を出したところだ。新たな近侍は改めて選定するので、そのおつもりで」

「はあ⁉　待て、なぜ俺の許可なく、いきなりそんなことになるんだ！」

「なぜ？　それを聞くのか、あなたが私に？　全く心当たりはないと？」

じろりと見据えるように睨まれて、さすがにばつが悪そうにリオンはその首を竦めた。

「……俺の交友関係全てにお前が口出しする権利はないだろう」

「それがただの友人ならば私もいちいち口出しなどしない。だがあなたに偽りを囁き、その判断を惑わせるような害がある者は別だ」

途端、ムッとリオンの顔が顰められた。

その不満を全身で表すように肩を怒らせる。

「お前は、いつまで俺を子ども扱いするつもりだ！　ヒューゴに管理されなくても、人付き合いくらい自分で管理できる！」

「それは結構。そのわりには昨夜は随分、特定の相手に肩入れしていたようだが」

「俺は、あの女の化けの皮を剝《は》いでお前の目を覚まさせてやりたかっただけだ！　自分をよく知る昔の男がいきなり現れれば多少は動揺するだろうと思ったんだよ。生憎、憎らしいくらい平然としていたけどな！」

リオンはやはり、どうしてもカルディナが気に入らないらしい。

その様子は世間に流れている噂だけが原因というわけではなさそうだ。

一体彼女のどんな悪評を吹き込まれたというのか。

「目を覚ませ、ヒューゴ。あの女は駄目だ、皆そう言っている。ルジアーナでもやりたい放題で、あの女のせいで死んだ令嬢だっているそうじゃないか。頼むから俺の言うことを信じてくれよ！」

騙されている従兄のため。

それがリオンなりの大義名分であることは理解できた。

彼は未だに信じている、カルディナがどうしようもないほど悪辣な悪女であり、関わる者全てを騙そうとしていると。

「あの女はまんまとお前を手中に取り込み、ボルノワ領も奪い取った。そのせいで今、俺の立場も大きく揺らいでいる。このままでは、この国全てがあの女の思うままにされるかもしれない！」

「ボルノワ領が割譲《かつじょう》されたのも、あなたの立場が揺らいでいるのも、あなた自身の行いのせいだ」

「ヒューゴ！」

切なげな声を上げるリオンは、自分の信じたいものを信じ、見たいことだけ見ていることに気付かないまま、現実を歪めている。

挙げ句に自分の行いによって引き起こされた出来事を全てカルディナに押しつけるとは、

どうやら自分も国王夫妻も、たった一人の王子だからと大切にしすぎたらしい。

　ギリッと奥歯を噛み締めた。

　溜息が出る……深く深く、そのまま沈み込んでしまいそうなほどに重たい溜息が。

「……リオン。あなたの方こそどうして私を信じない？　何度も言ったはずだ、彼女はあなたが思っているような女性ではない、世間で悪《あ》し様《ざま》に言われるような人ではないと」

「それは皆そう言って」

「皆？　それはあのマクネイアー伯爵を始め、ルジアーナから留学してきた貴族達のことか。あなたと長い時を共に過ごしてきた私より、たかだか知り合って一年程度の他の国の人間の流言の方が信用できるのか？　……だとしたら、情けなくて消え入りたくなる」

「そ、そうじゃない、ヒューゴ、俺はお前のために！」

「私のため？　違うだろう、全て自分のためだ。あなたにとって、彼女が悪女である方が都合が良いからだ」

　図星を突かれたようにリオンの表情が歪む。

「俺は……！」

「私は彼女を信じている。この目で、耳で確かめ、それに相応しい人だと自分で判断した。それに対してあなたはどうだ。彼女について、何か一つでも、自分で確かめようとしたことがあるのか」

ここでリオンが視線を彷徨わせた。

答えられない彼の様子に再び胸から深い吐息を吐き出し、ヒューゴは身を翻す。

「待て、ヒューゴ、俺はただ」

「頼むから他者の言葉や偏見に惑わされることなく、自分の目で見て、耳で聞き、そしてその頭で考えてくれ。あなたの心に、少しでも私に対する信頼があるのなら」

「ヒューゴ！」

それきりヒューゴは振り返らないまま王太子の部屋を出た。

後ろから追ってくる気配はない、恐らく追えないのだろう。

これまでの付き合いの中でこれほどヒューゴがやるせない怒りをリオンに向けたのは初めてだ。

触れてはいけない何かに触れてしまったことを、さすがに王子も気付き、彼の方こそ目を覚ましてくれるよう願うしかない。

やりきれない思いで胸の内が一杯になる。

しかし呑気《のんき》に感傷にも浸っていられない。

新たな近侍の選定と、近衛騎士の人事を急がねばならない。

また改めてサフランから詳しい聞き取りを行い、リオンの交友関係を洗い直す必要がある。その他にもやらねばならないことはいくらでもあった。

そんなことを考えながら廊下を進むヒューゴが足を止めたのは、王太子の私的フロアから抜けたすぐ先のホールだ。

階下へと続く踊り場で、一人の青年が彼を待っていた。

つい少し前に顔を合わせて別れたばかりの、ルジアーナからの客人であるセドリックその人である。

「ロックウォード公をお待ちしておりました。閣下も私からお聞きになりたいことがあるのではと思いまして」

それがカルディナのことを指しているのは間違いない。

が。

「特にこれといって思いつきません。ご用件がそれだけでしたら、失礼いたします」

さっさとその場を立ち去ろうとする背を、慌てて呼び止められた。

恐らくヒューゴがもっと違う反応をするものと予想していたらしい。

「お待ちください、ロックウォード公。あなたの奥方様は、他人を容易に信用しない方です。あなたにも大きな隠し事をなさっているでしょう。そのせいであなたと王太子殿下のご関係にも影響が及んでいるのではありませんか」

「だとしても、それを他者の口から聞くつもりはありません。私は自分の力で彼女の信頼を得、打ち明けてくれる時を待ちます。そもそもこれは夫婦の問題ですので。かつての元婚約者殿とはいえ、他人に口出しされるようなことではありません」

他人、と強調した言葉に、セドリックが鼻白むのが判った。

だが事実だ。

今のセドリックに、カルディナに対する権利は何一つ存在しない。

「私と王太子殿下との関係をあなたに指摘される覚えもございません。これ以上のご意見はあなたが我が国の内政に干渉する意思がある、と判断いたしますが構いませんか」

他国の、それもその資格のない者がこの国の問題に口を挟むな、と。

言外に告げるヒューゴにさすがにセドリックもその口を噤む。

「それでは改めて失礼します。これでもやらねばならぬことを多く抱えている身でございますので」

今度はもう呼び止める声はなかった。

ヒューゴはセドリックを残し、振り返ることなくその場を立ち去るのだった。


「最近、旦那様の様子が少しおかしいと思わない？」

「えっ……そう、でしょうか？」

カルディナに問われて、ニーナは困ったように首を傾げてみせた。

どうやら彼女は違和感を覚えてはいなさそうだ。

だがカルディナは違う。

露骨な変化があるというわけではないけれど、少しばかり様子が違って見える。

「セドリックと会ったあの夜会以降から、何かおかしいように感じるのよ。……でも旦那様は私に何も仰らないし……」

「気のせいということはございませんか？」

「どうかしら……セドリックのことを気にされているのかも」

聞いてくれれば答えられるけれど、改めてこちらから何か言う必要があるのか考えあぐねて、結局何も言えずに数日が過ぎた頃、カルディナの元に一通の招待状が届いた。

王妃から、お茶会に誘う手紙だ。

「お返事はいかがなさいますか？」

「もちろん行くしかないでしょう？　王妃様との繋がりはなくしたくないもの」

結婚してから、時折王妃からこういった手紙が届く。

息子に甘い母親に対して心を開くことはまだ難しいものの、罪滅ぼしのつもりなのか他国から嫁いで来た王女に対して彼女なりに心を砕いてくれていることは判る。

「青い小花模様の入った、シフォンのドレスがあったわね。それを出してくれる？　アクセサリーはあなたに任せるわ」

季節はもう真夏、日中は特にギラギラと強い日差しが差し込む時期である。昼間の茶会では肌を出せない分、柔らかい生地と見た目に涼しげな色で暑苦しさを緩和させたい。

季節と場所に応じた身なりをするのも貴族婦人として必要なことだ。

そうして王妃のサロンへと顔を出したカルディナだったが、てっきり社交かと思っていたお茶会はこれまでと少し様子が違った。

というのもその場にいたのは王妃一人だけで、席に着いて間もなくこんな話を切り出されたのである。

「最近、ヒューゴの様子はどう？」

と。

「……少し、お疲れのご様子です。もしかして何かございましたでしょうか？」

「実はリオンとヒューゴが派手にやり合ったようなのよ。リオンがあなたに随分な失礼をしたそうね」

まさか王妃から、最近のヒューゴの様子を問われるとは思っていなかった。

それによると、カルディナとの結婚が原因で微妙な関係になっている従兄弟同士は、とうとう正面からぶつかり合ってしまったらしい。

「リオンには今回の騒動をきっかけに少しは大人になってくれればと思っていたのだけれ

ど……あなたにもヒューゴにも迷惑を掛けるわね」

「いいえ、そんな……」

何とも答えようがなくて言葉を濁せば、そんなカルディナへ王妃は苦笑した。

「ヒューゴはね、いつも、何だかんだ言いながらも、どんな無理難題も片付けてくれるの。今回もそう。あの子が頑張ってくれたお陰で、辛うじて最悪の事態は避けられた」

「……はい」

ヒューゴがカルディナとの縁談を纏めるためにどれほど奔走していたかは、カルディナ自身よく知っている。

正直随分と重い役目を、筆頭公爵とはいえまだ年若い青年に背負わせるものだと思った。

「だから私も陛下も、そしてリオンも当たり前のようにヒューゴに甘えていたのね。恥ずかしいわ」

「……夫と王太子殿下は何が理由で衝突されたのでしょう?」

「詳しいことは判らないわ。でもきっとリオンは甘えたのね。これまでいつも最終的にはあの子の我が儘に折れてくれていたから……けれど今回ばかりはヒューゴは折れなかったそうよ」

結果、そのせいでよりいっそう王太子との間がギクシャクしているということのようだ。

そうか、夫の様子がいつもと少し違って見えたのは、そのせいか。

もしかするとあの舞踏会の出来事で彼なりにカルディナの様子に気付いて、その原因を作ったリオンに抗議してくれたのかもしれない。

そう思うと、温かな気持ちが胸いっぱいに広がって、苦しいくらいだ。

「リオンのことは放っておいて良いわ。だからあなたは、どうかヒューゴを労《ねぎら》ってあげてくれる？　きっと他の誰にそうされるより、あなたにされる方が喜ぶでしょうから」

「はい。そういたします」

王妃の元から公爵邸へ帰る道すがら、カルディナは決めた。

もう、きちんと彼に話そうと。

話して、協力してもらって……そして、あとはなんの憂いもなく、残りの人生を彼に捧げようと。

カルディナがようやく重い口を開いたのは、その夜ヒューゴが屋敷へと戻り、夫婦の時間を迎えたその時である。

「あなたに、お話しておきたいことがあります。聞いていただけますか？」

カルディナの様子から大事な話であると察したのだろう。

無言で肯く彼に言葉を続けた。

「これから私がお話することは、複数の女性の心と名誉を大変に傷つける内容ですので、どうか他言なさらぬようお願いします」

「約束する」

今から三年ほど前のことだ。

当時カルディナは十七歳。

元婚約者との婚礼を一年後に控え、花嫁教育や王族としての公務、社交に注力していた頃だった。

「私が何を目的にしているのか……平たく言えば、友人の仇討《あだう》ちです」

仇討ち。

その一言にヒューゴに僅かな緊張が走るのが伝わる。

きっと一国の王女が口にするには、随分物騒な言葉だと思ったのだろう。

「友人はとある男爵家の令嬢でした。笑顔の可愛らしい、不思議と人の気持ちを惹《ひ》き付《つ》ける魅力のある令嬢で、私は彼女が大好きでした」

王女と男爵令嬢では身分が違いすぎる。

そのことを良く思わない者もいるだろうからと、二人の友人関係はひっそりと続けられたが、それでも構わなかった。

そして程なくその令嬢に恋人ができた。

もうすぐ正式に婚約するのだと笑う彼女の笑顔に、胸が温かくなったことを覚えている。

「幸せになってほしいと心から願い、祝福していました。ですが、その願いは叶わなかった……婚約して間もなく、その友人は恋人に会うために男爵邸を出た先で何者かに誘拐され、暴行を受けるという痛ましい事件が起こったのです」

ヒューゴが眉を顰める。

その暴行という言葉が、どんな内容を示しているのかを察したのだろう。

「事件の詳細を確認しようにも令嬢の心の傷は深く、満足に話を聞き出すこともできない。彼女の実家である男爵家は世間の目を恐れ、事件を表沙汰にすることを嫌いました」

結局それ以上捜査を行うこともできず、一方的な泣き寝入りとなった。

ある意味仕方がない、貴族は何より世間体を大事にする。

娘が何者かに傷物にされたなど、決して他者に知られたくはないだろう。

「ですが事件はそれで終わりませんでした。犯人はまるで味を占めたように、他の令嬢も拐《かどわ》かし、被害が広がったのです」

いずれの令嬢も誘拐された先でどのようなことがあったのかは決して明かそうとせず、その両親も家の名誉を守るために固く口を噤んだ。

けれどそれでも人の噂にはのぼるものだ。

以来、令嬢達は人前に出ることの出来ない身となってしまった。

「被害に遭うのはいつも男爵か子爵位の下級貴族の娘達ばかりでした。伯爵位以上の娘はいない」

なぜ下級貴族の令嬢ばかりが襲われるのだろう。

いくら世間体を考えるとしても、こうも被害が続けば中には訴え出る家もあるはずだ。

その理由を考えて、思いつくことは一つだけだ。

「犯人側は、万が一被害者が声を上げても、その声を押さえつけられる立場の人間……つまり、上級貴族の人間である可能性が高い、と思いました」

カルディナは特別正義感が強いわけでもないし、博愛主義というわけでもない。

好きな人間には幸せになってほしいけれど、気に入らない人間にはたまには痛い目を見れば良いと思う程度には俗っぽい人間だ。

しかし、曲がったことは嫌いだ。

何より気に入らないのは、身分を振りかざし、か弱い立場の年若い令嬢達を餌食にして一生ものの傷を与えた犯人が、その後ものうのうと笑っていることだ。

「あまりにも理不尽でしょう？　このままでは友人は報われない、必ず罪を償わせてやろうと誓いました。……結果、とある貴族の一派に辿り着いたのです」

それは若い貴族達が複数で行っている質の悪い遊びだったという。

その男達はそれを狩りの一種だと嘯《うそぶ》いて楽しんでいたのだ。

しかもその中にはかつての男爵令嬢の恋人もいた。

令嬢の恋人は、自分が取り巻きとなっている上級貴族の機嫌をとるために自分の恋人を悪辣な遊びの被害者に引《ひ》き摺《ず》り込《こ》んだのだ。

男爵令嬢が絶望したのは暴力によるものだけではなく、信じていた人に裏切られた心の痛手も大きかったのだと想像が付く。

「彼らは王女である私が事件解決に乗り出すとは思っていなかったのでしょう。あと一歩のところまで追い詰めました。上手くすれば親も纏めて事件の責任を問い、重い処罰を与えられるところまで持っていけるはずでした。でも」

「上手くいかなかった?」

「はい。最後の最後でしくじりました。摘発する前にこちらの情報が漏れ、証拠を隠滅されてしまった。結局、追い詰め切れずに証拠不十分で逃げられてしまったのです」

その情報を漏らしたのは、被害に遭った家の一つだ。

まさか味方と思っていた側の人間が裏切るなんて、と言い訳できるかもしれないけれど、その可能性を想定していなかったカルディナの詰めが甘かったのだ。

犯行に関わった息子を持つ上級貴族家から脅しを受けて、口を開いてしまったらしい。

「直後、私に関する様々な噂が世間を騒がすことになりました。恐らくはそうすることで私から追及できる余裕を奪うことが目的だったのでしょう。結果的に犯人側の目論見通り私は自分のことで精一杯になり、身動きが取れなくなってしまった」

王女の足止めをするために、より過激で辛辣な噂を広められた。

自国の王女の名誉を落とす行為など下手をすれば謀叛《むほん》だが、この行いが露見すれば家の存続にも関わるのだから犯人側も必死だ。

彼らは狡猾で、証拠も残さなければ、尻尾も出さなかった。

これ以上は手を引けと母に強く命じられては、どうすることもできない。

残ったのはカルディナに対する悪評と、報われない被害者である。

更に主犯だった上級貴族と取り巻き達に留学という名目で他国へと逃げられてしまい、手が出せないまま現在に至る。

「その逃げた者達が、マクネイアー卿やグリード卿だと？」

「当時、マクネイアー卿が実際に犯行に関わっていたかは判りません。ですが全くの無関係とは思えません。婚約破棄から領地への引きこもりまでの手際はとても見事でしたので。それに後ろ暗いことがないのなら、わざわざ誰も知らないような古い名に変える必要もないでしょう？」

セドリックが名乗っているマクネイアーという伯爵位は既に忘れ去られた名だ。

公爵家の従属爵位の一つには違いないが、セドリックの祖父母の時代に廃れ、今や貴族名鑑の片隅に辛うじて名だけが残る程度のもの。

だからカルディナも実際に会うまでは気付かなかった。

本来セドリックはグラッツェン公爵家の嫡子であるから、そんな忘れ去られた名を利用する必要などないはず。

またグリード子爵については完全に黒だ。

こちらはルジアーナにいた時と同じ名を使っているから、すぐに判った。

彼こそが土壇場で逃げ出した、当時の実行犯の一人だと。

「そうか……あなたは、その犯人に対してとても深い怒りを抱いているのだな」

「……そうですね。その通りです。私は決して彼らを許せない」

あの出来事があって以来、カルディナは長いこと怒りを抑えてきた。

自身に対する悪辣な品位を貶《おとし》める噂は腹立たしくはあったけれど、何より腹立たしいのは犯人の行いと、結局何もできなかった無力な自分だ。

「けれどベルスナーの王太子殿下との縁談が持ち上がって、ようやく機会が巡ってきたと思いました。私の目的は、三年前逃げおおせた者達に罪を認めさせ、相応しい罰を与えることです」

「なるほど。だが当然、彼らからすればあなたがベルスナーに嫁いで来ることは脅威だったはずだ。それも王太子妃として強い権限など持たせたくない。だからリオン殿下を抱き込んだのか」

恐らくリオンにあることないことを吹き込んで、カルディナを嫌うように仕向けたのは、セドリック達の仕業だろう。

正義感の強い世間知らずな王子を誑かすのはそう難しいことではなかったはずだ。

たとえカルディナが嫁いで来たとしても、夫である王太子に蛇蝎《だかつ》の如く嫌われて、その身分以外にはなんの力も持たないお飾りの妃にできれば脅威は薄れる。

王太子さえ抱き込んでおけばどうにかなる、と。

「ですが、彼らにとっても王太子殿下が私を嫌って、結婚そのものを拒否したことは予想外だったのではないでしょうか。まあ普通に考えてありえませんよね。それが原因で両国間の関係が微妙になって、彼らもベルスナーに居づらくなっても困るでしょうし」

「……そうだな」

ヒューゴが何とも言えない苦い顔をした理由は、その普通に考えてありえないことをリオンがしでかしてしまったからだ。

その爪痕は今も大きく残り、将来に大きな課題を残している。

その問題はリオンの王太子としての資質を問う声にまで繋がり、これまで揺らぐことのなかったベルスナーの王位継承問題にまで発展しているのだから笑えない。

ある意味セドリック達は、王太子をそそのかしその権威を失墜させて国を乱そうとした、内乱罪を問われてもおかしくないのかもしれない。

「でも、彼らにとってさらに予想外のことが起こりました。それが何か、旦那様はお判りになりますか？」

まるで家庭教師が生徒に問題を投げかけるような挑発的なカルディナの問いに、ヒューゴは笑う。

軽く肩をすくめ、戯《おど》けたように。

「私だろうな。王太子が望まないならば私がと自ら手を挙げ、そしてあなたを王族に次いで力のある公爵夫人に迎え入れた上に、妻として溺愛している」

ましてその公爵は王太子だけでなく、現国王や王妃ですら無碍《むげ》にはできない大物貴族である。

ヒューゴをリオンのように抱き込むことはほぼ不可能。

ある意味無力な王太子妃より、やっかいな存在になってしまったと言える。

「あら。私、溺愛していただいています？」

「伝わっていないのなら遺憾だ。不得手な分野だが、もっと努力が必要だろうか」

「ごめんなさい、少し意地悪を言っただけです。ちゃんと伝わっていますわ、旦那様」

ヒューゴの手がカルディナを引き寄せる。

判っていて、わざと意地の悪いことを言わないでくれと嗜めるように頬を撫でられ、目を細めた。

それだけで全身の体温が上がる。

触れられることに慣れ、その心地良さに酔《よ》い痴《し》れるようになってからまだそれほど長い時間が過ぎたわけではないのに、もう何年もこうしているような不思議な気分になる。

王太子との縁談が決まった際には、女としての幸せなど期待していなかった。

どんな冷遇を受けたとしてもこの目的を一つ果たすことができれば、あとは粛々と王女としての役目を果たすつもりでいたのに。

今のカルディナはもう、小悪党を始末する程度で自分の人生を諦める気にはなれない。

幸せになりたい、この人の傍で。

「お話を戻します。私はこれらの一連の貴族階級を相手にした事件の犯人として、グリード子爵以下数名の貴族青年達に目をつけていましたが、一つだけ疑問だったのは、誰がどうやってあれほど手際よく私の悪評を流したのかです」

逃げた貴族子弟やその親達では、仮にも王女に関する悪評を流すのはあまりにリスクが大きすぎる。

しかもその手際の良さを考えれば、よほどの命知らずでもない限りはなかなかできないことだと思っていたが、その疑問は先日の舞踏会で解けた気がする。

答えは向こうから与えてくれた。

「それに手を貸したのがマクネイアー伯爵か」

「正確には彼の実家である、グラッツェン公爵家ですね。突然の病に倒れ、今にも死にそうだという理由で婚約破棄して領地の田舎で療養中のはずの当人が、忘れられた名を名乗ってベルスナー王国にいるのですもの。さすがに驚いてしまいました」

本当に驚いた、思わず血の気が引くくらいに。

でもこれではっきりした。

やはり婚約破棄の理由は体調不良などではなく、自ら仕組んだことだ。

「恐らくマクネイアー卿も何らかの形であの事件に関わっていて、その事実を私に暴かれるのを嫌ったのではと思います」

「だからあなたの悪評を流し、あなたと世間の目を欺いたということか」

その間に急な病としつつもカルディナの悪評が原因であるかのように匂わせることで自分に責任はないと世間の同情を誘い、適当な時間が過ぎた頃にベルスナー王国へ逃げた。

そう考えれば辻褄《つじつま》は合う気がする。

「グラッツェン公爵家はルジアーナではどの程度の地位にある家だ」

「この国においてのロックウォード公爵家ほどではありませんが、腐っても公爵家ですもの。青き血の歴史は古く、依然として中世時代の旧体制を支持する一部の議員を掌握する程度の影響力はございます」

「息子を捕らえることで、女王陛下の国にどれほどの影響が出る？」

「小さくはありません……が、古いものが新しいものに変わる。その程度の影響ですわ。もちろん一筋縄では行きませんが、母ならばむしろそれを機会として改正に乗り出すでしよう」

ルジアーナ王国は歴代初となる女王を玉座に据えた結果、これまでにはなかった様々な政策や思想で少しずつ、けれど確実に新しい時代を迎えようとしている。

しかしそういった急な変化を嫌う者も多く、旧体制を守ろうとする家々も少なくない。

グラッツェン公爵家はその代表と言って良い。

「もともと母が私をグラッツェン公爵家に嫁がせようとしたのも、表向き王女の降嫁という名誉を与え、王家に厚く遇されているように見せかけておいて、旧体制を支持する要の家を自分の方に取り込んでしまおうとする思惑があったからです」

それに気づいていたからこそ、セドリックも、グラッツェン公爵家も王女との結婚に内心は積極的ではなかった。

それがカルディナとセドリックとの関係がよそよそしくなる大きな影響を与えていたし、平たく言えば彼らは破談にできる機会を窺っていたのだ。

だからこそあんなにさっさと手際良く婚約破棄へ導いたのだろう。

「そうか。なかなか興味深い話だな。我が国は知らずに他国の問題に巻き込まれていたことになる」

「その点については元王女としてお詫びします。私が至らぬせいでとんだご迷惑を」

「迷惑などとは言ってくれるな。今となっては私の問題でもある。カルディナ、それであなたは今後どうするつもりだ？」

　真摯に問われて、カルディナも真っ直ぐに夫の瞳を見返した。

　もちろん返す言葉は一つだけだ。

「過ちは正します。罪を犯した者には、その罪を償わせるのが人の世の理ですから」

「だがその過去の事件を掘り起こすことは、時が過ぎ、せっかく少しは落ち着いた被害者の心を再び揺り起こすことになるのではないか」

「仰る通りです。ですが一つだけ、旦那様は思い違いをなさっていますわ」

「何？」

　一体何を思い違っているのか。

　そう言わんばかりに怪訝《けげん》そうに眉を顰める彼が悪いわけではない。

　ただ、知らないだけだ。

　同じ被害を受けたことのない、多くの人々がそうであるように。

「ほんの数年の時が過ぎた程度で、被害者の心が落ち着くことはありません。犯人は判っているのに捕らえられず、今は国を出ていてもいつ戻ってくるか判らない。加害者側の家からの報復にも怯える日々……そんな毎日に心が安まる暇などないでしょう？」

　はっとヒューゴが虚を突かれたように顎を引いた。

「……そうだな、想像力が足りず安易なことを口にした。許してほしい」

「どうぞお気になさらないで。旦那様が悪いわけではないのですから」

優しい人だ。

たったあれだけの指摘で自分の言葉を顧み、心に寄り添おうとしてくれる。

軽はずみな発言を悔いるように視線を落とす彼の温かい手に手を重ねると、両手で包み込むように撫でた。

その手を握り返され、そして抱き寄せられた。

「旦那様?」

「辛い話を打ち明けてくれて感謝する」

「辛いのは私ではなく……」

「被害者ももちろんだが、あなたも傷ついているように私には見える。今までずっと辛かっただろう」

「……」

すぐには言葉が出なかった。

代わりに、ぽつりと零れ落ちたのは涙だ。

そんなつもりはなかったはずなのに、ヒューゴにそう指摘されて初めて自分の気持ちに気付く。

(そうか、私は辛かったのね)

大切な友人を傷つけられて、被害者の女性達を救い切れなくて、その上自分の未熟さで犯人を逃がしてしまって。

でも被害者達の方が遙かに辛いはずだからと、自分自身の心に刻まれた傷には気付かないフリをしていた。

でも一度それに気づいてしまうと、後から後から涙が零れ落ちる。

「……っ」

必死に震える唇を噛み締めても嗚咽《おえつ》が漏れて止まらなくなる。

こんなふうに泣くことなんて、もう随分幼い少女の頃からなかったのに。

両手で顔を覆いながら肩を震わせるカルディナを、ヒューゴがその膝に抱え上げて更に深く抱き締めた。

まるで小さな子どもにするように、幾度も背を撫でられるとますます涙が出て困る。

「……旦那様はずるいです。私を泣かせて、どうなさるおつもり？」

「さて、どうしようか。私の奥方は泣いていても可愛くて困る」

先程晒してしまった醜態と、その言葉が恥ずかしくて、つい拗《す》ねてしまう。

まるで子どものように頬を膨らませるカルディナに彼は笑った。

笑って、また宥めるように背を擦られ、頬に口付けられるとそれ以上文句も言えない。

カルディナの心に、とある欲が生まれたのはこの時だ。

「話は理解した。後のことは私に任せなさい、決して悪いようにはしないから」

その言葉に顔を上げた。

カルディナの力になろうとしてくれているのは判るが、それでは困るのだ。

「あら、駄目ですわよ。やっと反撃の機会が巡ってきそうですのに」

カルディナだってベルスナーに嫁いで来てからただ夫に愛されてのんびりと過ごして来たわけではない。

このために社交界で影響力のある貴婦人達と親しくしたり、王妃の機嫌を取ったりして自分なりにこの国に馴染む努力をしながら情報を集めてきた。

今度こそきっと追い込める。

やっと巡ってきた機会である、自分で決着を付けずしてどうするというのか。

しかしヒューゴにも彼なりの言い分があった。

「あなたが何を目論《もくろ》んでいるか、私が気づいていないとでも思うのか」

その瞬間、不覚にもギクリと強ばる顔を隠しきれなかった。

「彼らを捕らえるためには、そうするに相応しい罪の立証が必要だ。だが事件が起こってからでは、その被害を公にすることを多くの貴族は嫌う。結果、ルジアーナの時と同じ結果になる可能性が高い」

その通りだ。

ヒューゴの言うことは何も間違っていない。

証拠なくして人は裁けない。

それが身分の高い人間なら尚更《なおさら》だ。

「そして証拠を得るためには、犠牲になる令嬢の存在が必要になる。過去に友人を救えなかったと悔いているあなたが、今、自分の目的のために新たに他の令嬢を犠牲にするとは思えない。なら答えは一つだ。あなたは自身を囮《おとり》にするつもりだろう」

カルディナはすぐには答えない。

ヒューゴもそれ以上は黙り込む。

しかしどちらも引くつもりがないのは、お互いの目を見れば判る。

そのままどれほどの沈黙が続いた頃か。

「カルディナ。私はあなたが大切だ。何よりもただ一人の女性として」

「……ありがとうございます。私も、旦那様が大切です」

面と向かって言われると先程のことを思い出して頬が熱くなる。

「ならどうか私の意思を汲《く》んではくれないか。あなたを危険な場に立たせたくない」

ヒューゴの言葉は嬉しい。

おそらくどんな愛の言葉より、彼の想いが込められた言葉だと判る。

心が大きく揺れなかったといえば嘘になる。

だが……やはりカルディナには頷けない要求だった。

「旦那様の仰ることはよく判ります。ですが、私を大切に思ってくださるなら、どうぞこの望みをお聞き入れいただけませんか」

懇願するようにカルディナは告げた。

「この問題さえ片付いたら、あとはもう無理な我が儘は言いません。良い妻に、そして母になれるように努力します。ですからどうか」

「だが……」

「あなたを信じていないわけではないのです。ただこの問題は私が唯一、ルジアーナの王女だった頃からやり残してしまったことです。私はどうしても自分でその決着をつけたい」

ヒューゴは難しい顔をしてカルディナを見つめている。

「お願いします、旦那様。そうでなければ、私は一人の人間として、あの時から一歩も前に進めないのです」

幾度目の沈黙だろう。

この時の沈黙は今までで一番長い。

重くのしかかる空気に並みの者ならばそれだけで音を上げそうな雰囲気の中、ようやくヒューゴは頷いた。

深い、それは深い溜息を吐きながら。

「全く……あなたも王太子も、結局私の言うことをなかなか聞いてくれない。夫だの、お目付役だのと肩書きこそ様々だが無力なものだ」

「殿下も私も、心の中であなたを信頼しているから我儘《わがまま》を言えるのです。きっとあなたは見捨てることなく最後まで寄り添ってくださると、信じているからこそ」

「上手い言い方をするものだ。誤魔化された気がしなくもないが、今は誤魔化されておこう。だが何度も言うようだが、約束はしてくれ。決して無茶はしないと」

カルディナの両頬を包むように自身の目前へと引き寄せながら、彼は言った。

「ここであなたの行動を許したことを、後悔させないでくれ」

深い、大地の色の瞳に見つめられて、またじわじわと頬に熱が昇る……いや、頬と言わず、身体全身に。

彼の真摯な眼差しに、はにかむように笑うカルディナの笑みは、今まで彼女が見せてきたどんな笑顔よりも素直で無邪気だ。

「承知しました……ありがとうございます。結婚した人が、あなたで良かった」

カルディナの言葉に、ヒューゴは一瞬瞠目し、それから笑う。

夫の、気恥ずかしそうな表情がカルディナは好きだった。

時々自覚なく大胆な言葉を口にするくせに、妙に照れ屋なところもある。

真っ直ぐな自分の気持ちを言葉にするのが苦手な人なのだろう。

けれどただ苦手だからと誤魔化すよりも、彼なりに精一杯伝えようとしてくれる。

今も彼は答える、彼なりの言葉で。

「私もだ。叶わない恋になると覚悟していたが……こうしてあなたと一緒になれて良かったと、本当にそう思う」

普段は公爵の身分に恥じることのない、堂々とした立派な振る舞いなのに、その時だけはまるで恋に不慣れな十代の少年のようで、だからこそ本心だと感じられて嬉しい。

ヒューゴの耳から首筋までも赤い。

年上の男性に対して、可愛いと思うのは失礼な感想だろうか。

日頃は凜々しく精悍な印象が強いだけに、こうした反応とのギャップがカルディナの心をより強く擽る。

折しも今は夜。

胸の内に隠していたことも全て打ち明けて、もう後ろめたい気持ちもない。

まだまだ新婚と呼んでも良い新妻が、夫に甘えても誰も非難などできないはずだ。

「カルディナ」

にわかにヒューゴが慌てたような声を出したのは、それまでヒューゴの膝の上で横抱きにされていたカルディナが腰を上げて、跨《また》がるように座り直したからだろう。

横向きの姿勢で抱きつくよりは正面からの方がやりやすい、という単純な理由だったけれど、いざ姿勢を変えてみれば大胆な格好が少し恥ずかしい。

けれど、ふふっと楽しそうに笑って彼の額に口付けた。

「お慕いしていますわ、旦那様」

ちゅ、と小さなリップ音を立てて触れた唇はそのままに、彼のクラヴァットに手を掛ける。するすると結び目を解いていくカルディナを、ヒューゴは止めようとしない。

解け、首から抜かれた上質な布が脇に放《ほう》られるのと、カルディナの華奢な腕がするりと彼の首に回って身を伏せるのとは殆ど同じタイミングだ。

「……はしたないと、お叱りにならないで」

「叱るわけがないだろう。あなたが積極的に触れてくれるのは嬉しい」

「……本当に？」

真意を確かめるように僅かに開いた彼の唇に口付けると、すぐに頭の後ろを片手で抱え込まれて、熱い舌に口内が暴かれる。

もはや怯えることもなく自ら舌を差し出し、相手の同じそれに絡みつきながら吸い上げる仕草は淑女の行いとは言いがたい。

だが全てはヒューゴが、自分に教えたことだ。

「ん、ふ」

鼻に掛かった小さな声を漏らしながら、幾度も彼の舌に吸い付き、溢れる唾液を啜る。

他人の口の中に触れるなんて淫らだという以前に嫌悪感の方が強くてとても無理だと思っていたのに、ヒューゴに対してはそんな嫌悪感は最初から存在しない。

舌同士をこすり合わせることで、自分のものではない味が口の中いっぱいに広がる。

互いの口を繋ぐ銀色の糸を舌先でふつりと舐めとりながら、緩んだ彼のシャツの隙間を両手で広げた。

「くすぐったいな」

「もう」

肩を竦めて笑うヒューゴを少しだけ睨んで、現れた肌に幾度も口付けた。

強く吸い付き、時に歯を立て、舌を這わせ……。

「ん」

やはり人前ではとても見せられない姿だけれど、今ここには二人だけしかいない。

「は……」

ヒューゴの唇から切なげな熱い吐息が零れ落ちる。

きっと今、こちらも真っ赤に逆上せて、欲情した顔をしているに違いない。

ヒューゴの両手が突然カルディナの両胸を鷲《わし》摑むように伸びてきたのはその時だ。

自宅での夕食後の私的な時間ということもあって、今のカルディナはゆったりとした柔らかなモスリンのシュミーズドレス姿で、その下にコルセットは着けていない。

そのためすぐに柔らかな胸が、生地の上から彼の手に包み込まれる。

「あ」

悪戯を仕掛けていたのはこちらの方なのに、大きな手でやわやわと胸を揉みしだかれるとすぐに形勢は変わってしまう。

「ん、旦那様……」

「自分から攻める時は挑発的なのに、攻められるのは恥ずかしいのか？」

身を隠すように肩を竦める仕草がそう見えたのか、からかうように問われてまた頬が熱くなった。

そんなことはない、とは言えなかった。

主導権を握られるより、握っている方が確かに安心する。

相手に任せていると、おかしな反応をしてしまうような気がして恥ずかしいのだ。

けれどヒューゴの手は少しの遠慮もなしにカルディナの両胸を愛撫して、やがて襟ぐりを絞るリボンを解いてしまう。

緩んだ襟元から下着ごとシュミーズドレスを一気に下げられれば、すぐに染み一つない真っ白な肌と、形の良い乳房が弾むように零れ出た。

隠す間もなく直に胸を包み込まれ、指の腹で淡く色づいた乳首を扱かれると、ああ、と悩ましい吐息が溢れた。

きゅっと先端を指先で摘まみ、擦られるだけで甘やかな刺激が胸から腰へと貫くように走って、両脚の間に奇妙な焦れったさを与えてくる。

「……旦那様、せめて寝台に……」

「ここで仕掛けたのはあなただ。それに夫婦の睦み合う場所は寝台だけとは限らない」

「そんな」

何かを言いかけたカルディナの言葉を封じるように、大きく口を開いたヒューゴが片胸に齧り付く。

ツンと尖り、充血し始めた先端ごとその周囲の全てを収めるように吸い付き、歯を立てられてカルディナの背が仰け反った。

「あう」

じゅっと淫らな音が立つほど強く吸い立てられ、舌で扱かれ続けて充血したその場所が痛いくらいに敏感になってくると、今度はもう片方の胸へ。

しかし今度は口の中に納めるのではなく、舌だけを差し出してくるくると敏感な場所を舐め転がしてくる。

「ふ……んっ……」

どちらもそれぞれに違う刺激で背筋がぞくぞくと震えてたまらなく心地良い。

ヒューゴの膝の上に乗り上げた腰がもじもじと無意識の内に揺れる。

手で、唇で、歯で、舌で。

しつこいくらい乳房を愛撫する彼へと熱っぽい視線を落とせば、見上げてきたその目が笑っていた。

「あなたは見かけによらず、快楽に弱いな」

「……旦那様のなさることだからです」

そうは言っても、確かにあっけないほど簡単に蕩かされてしまうのは事実だ。

それが悔しくて、少しでも形勢を変えようと再び彼の胸元へ手を伸ばす。

でもやはり駄目だった。

何とかシャツのボタンを腹の部分まで外し、その下の男の肌を露わにさせることはできたけれど、それどころではなくなってしまう。

ヒューゴが彼女の両脚の奥へと、半ば強引にその手をねじ込ませてきたからだ。

「あんんっ……！」

内腿を撫でられて、びく、とカルディナが身を竦める。

そのまま彼女が後ろにひっくり返らないよう片手で腰を支え、持ち上げてやりながらも、いともあっさりと彼女の下肢から下着を抜き取ってしまう。

そうなると秘められた場所を探るヒューゴの手を止める存在はない。

ドレスの生地に遮られて、カルディナの視界には愛撫される光景は見えない。

でも見えない分、硬く太い指に繊細な場所をなぞられる感覚や、膨らみ始めた花の芽を転がされる感覚、そしてただ一人にしか許したことのない場所を開かれる感覚に全身から汗が噴き出した。

「あぁ……！」

背が仰け反る。

無防備に喉を晒すカルディナの姿に、ヒューゴの口元に笑みが浮かんだ。

「後ろに体重を掛けるな、ほら」

引き寄せられて、彼の胸に倒れ込む格好で縋り付いた。

謀らずとも自分が露わにしたその胸と、露わにされた乳房とが直に重なり、湿った肌が生み出す強い摩擦に、膨れた胸の先が更に固く凝るのが判る。

「あ、あ、あん、ん………」

音にすると小鳥がさえずるくらいの慎ましい声だ。

その愛らしい妻の啼き声に、ヒューゴの目元が愛おしげに和らぐ。

気がつくと下肢を弄られながら、カルディナの身体が上下している。

そうすることで互いの肌で乳首が擦られる甘い刺激が堪らないのだ。

両脚の間では、もう誤魔化しようのない淫らな水音が響き出していた。

掻《か》き出され、溢れ出た蜜が腿を伝い落ちる。

それをヒューゴが下から拭うように肌の上を擦り上げて……そうして蜜を吐き出す泉の源泉へと濡れに濡れた指がぐっと根本まで潜り込んできた。

「あっ……‼」

ぞわっと体中の神経を走るような愉悦に身が震えた。

彼の胸にしがみつきながら、腰だけが後ろへ逃げそうになる。

しかしその程度でヒューゴの愛撫が止まるわけもなく、すぐに指は抜き差しを繰り返し、狭い密洞を広げるように中を攪拌《かくはん》し始めた。

堪らないのはカルディナの方だ。

「ひ、んっ、ん、いいっ」

「ここか?」

問われて何度も肯いた。

ヒューゴの指は既に彼女の中の快い場所を覚えていて、遠慮なくその場所を擦り立ててくる。

と同時に膨らんだ花の芽も手の平で押しつぶしたり擦られたりされるのだから、もはやひっきりなしに甘い声を漏らすばかりだ。

「あ、あ、や、ヒューゴ、あっ……!」

縋り付き、その首に巻き付いた両腕に渾身《こんしん》の力が籠もる。

切羽詰まった高い声を上げながら、びくびくと身を波打たせるカルディナを片手に抱えて、ヒューゴは喘ぐその唇を塞いだ。

とたんくぐもった悲鳴のような声と共に、カルディナの全身が大きく跳ね上がる。

文字通り釣り上げられた魚のように全身をびくつかせるカルディナの震えは、一度や二度では収まらない。

「あ……は、はー……はぁ……」

どれほどびくびくと震えた頃だろう。

身体を支える膝がガクガクと震えて、今にも座り込んでしまいそうになる。

乱れた呼吸が苦しくて、ぐったりとヒューゴの胸に身を委ねていると、カルディナの中から彼の指がずるりと抜き去られる感覚に、また腰が小さく跳ねた。

その後、どうするつもりでいるのかは、さすがに判る。

カルディナが頂上まで駆け上がっても、ヒューゴはまだ終わっていない。

先程から重なった身体の下で、ずっと硬く張り詰めているものの存在に気付いている。

この先のことを想像すると再び自分の身体に、勝手に官能の火が灯《とも》るのを感じた。

「少し、腰を上げられるか」

「……はい、ヒューゴ」

のろのろと緩慢な動きで身を起こすと、彼の腰を跨いだ姿勢のまま改めて腰を上げる。

相変わらず肝心な部分はドレスの生地に隠されて見えないけれど、微かな金属の音がする。

ヒューゴがベルトを外し、下衣をくつろげたらしい。

「ドレスのスカートをたくし上げて纏めて持って。そう。そのまま……」

もはや思考も低下して言われるままに腰を落としたその部分に、ぴたりと押し当てられるものがあった。

全身が発火しそうな羞恥に襲われながら、こくりと喉を鳴らした途端、ずん、と下から突き上げてくる強烈な刺激に喉を反らし、高い嬌声が上がった。

「あああぁっ‼」

ビリビリと背骨を駆け上がる甘い痺れに、弾みで腰が落ちる。

「っっぁあっ……‼」

深い。

下からの突き上げと、自重で一気に奥まで入った。

と同時に子宮が強く押し上げられて苦しい。

なのに、その一瞬で再び絶頂を極めたカルディナの身体は内側を抉る彼自身を強く絞り上げる。

まるで全てに口付け、舐り、銜《くわ》え込むように。

びくっ、びくっ、と何度もカルディナの腰が跳ね上がった。

「く……」

「あ、あぁ、だめ、私まだ……！」

達している最中なのに、と舌をもつれさせながら訴えても、腰を使い始めるヒューゴの動きは止まらなかった。

単純に下から上へと突き上げる上下運動だが、時折腰を回すような動きが加わって、最奥をごりごりと抉られるのが堪らない。

苦しくて、なのに強烈な快感に呼吸が乱れ、甘い声が上がる。

傍若無人に胎内を荒らす雄に、既に二度極めて柔らかくほぐれた肉襞《ひだ》が張り付くように絡みついてしがみついた。

「あ、あぁ、あっ、や、おかしくなる、だめになるから……っ！」

「なれば良い。いくらだって後の面倒は見てやる」

答えながらヒューゴは容赦なくカルディナの中をかき回す。

二人が繋がった場所はぐちゅぐちゅとひっきりなしに淫らな音を響かせながら、白く濁った愛液を噴き零し続けた。

激しく揺さぶられる度に、カルディナの乳房も弾むように揺れて、ヒューゴの目を楽しませる。

その揺れる乳房が甘い果実にでも見えたのだろうか。

再びむしゃぶりつかれて、上からと下からの両方に与えられる強烈な法悦にカルディナはもはやされるがままだった。

「ひ、あっ、あっ、あんんっ！」

彼女の胸に顔を埋めながら、ヒューゴは幾度もその白い肌に口付けた。

やがて気がつけばカウチへと押し倒され、片足を高く持ち上げられ……その後のことはもうあまり記憶にない。

ただひたすらにヒューゴの名を呼び、縋り、そして喘がされながら、夫婦の夜は続く。

一度果てても、簡単には終わらない。

何度も、幾度も、互いの息が途切れ喘ぎ、注ぎ込まれ、そして力尽きて眠りにつくまで。

第五章

エルシー・ロゼッタという名の男爵令嬢がいる。

とりたてて特筆すべきところのない下級貴族の娘である彼女は、社交界に参加しても積極的に人と関わるよりは自ら壁の花となることを好むような目立たない娘である。

けれどとびきり善良で心優しい乙女だった。

穏やかでおっとりとした雰囲気が可愛らしく、無垢な笑顔に心を癒やされる者は多いに違いない。

かくいうカルディナも初めて彼女に会った時、どこか懐かしく、微笑ましく、そして切ない気分になったものだ。

エルシーはかつての友人に良く似ていた。

容姿ではなく、彼女が持つ独特の雰囲気が、だ。

きっと彼女はその性格に似合う、やはり穏やかで優しい青年と温かな家庭を作る未来がよく似合う。

だが、恐らく彼女にそんな幸せは訪れない、少なくとも今のままならば。

なぜなら彼女の恋人は、ルジアーナから訪れた留学生の一人であるチェスター・ノルギーニ……いわゆるグリード子爵と名乗る青年だからだ。

その情報を得て、カルディナはすぐに動いた。

偶然を装ってエルシーに近づき顔見知りとなり、更に故意に偶然を重ねて知人となる。

事前に恋人であるチェスターからカルディナのルジアーナでの悪い噂を聞いていたのか、最初は随分とぎこちなく警戒した様子だった。

けれどエルシーが王女らしく凜とした品格が漂うカルディナの振る舞いに傾倒し、憧れの眼差しを向けるようになるまでに大した時間は掛からない。

後は招待状を送って、茶会に招いて……それからどんな話を彼女としようかと考えていた時だった。

意外な客人が、人目を忍ぶようにロックウォード公爵邸へと訪れたのは。

「ごきげんよう、グリード卿。あなたの方から私を訪ねてくださるとは思ってもいませんでしたわ」

「……突然の訪問にもかかわらず、お会いいただきありがとうございます」

チェスターは恭しい仕草でルジアーナの宮廷式挨拶をして寄越す。

そんな彼を見やりながらカルディナはすぐ近くに控えている執事に何事かを耳打ちする

と、改めてチェスターを見据えた。

「本日はお一人ですか？　改まって、私にどのようなご用件でしょう？」

エルシーに接触している以上、チェスターが何かしら反応を見せるだろうとは思っていたが、直接やってくるとは思っていなかった。

いつも複数の仲間達と共にいることの多い彼が、単身で何をしに来たのか。

まさかこの場で不埒《ふらち》な行いをするとも思えないけれど……チェスターの真意を図るようなカルディナの視線に、彼は用意された茶菓子に手を出すこともなく、表情を強ばらせて俯いている。

ソファに腰を降ろしたまま黙り込んで数十秒が過ぎた頃か。

「……実は、本日は恥を忍んで王女殿下……いえ、公爵夫人にお願いに参りました……どうか、お助けいただけないでしょうか」

チェスターの訪問が意外な出来事であれば、助けてほしいというこの願いもまた意外だ。

カルディナが知る限りこの男は、ルジアーナで複数の令嬢をとても言葉にはできない手段で痛めつけた張本人である。

実家の力を使って犯行をもみ消し、証拠不十分となったことを良いことに責任の一つもとらず他国へと逃げ出し。

そして今またエルシーに目を付け、同じような犯行の機会を窺っている小悪党。

にもかかわらず今目の前で神妙な面持ちで自分と向き合っている青年は悪党と言うよりも、むしろ被害者のようだ。

強ばった表情も、彷徨《さまよ》う視線も、ソワソワと落ち着きなく揺れる身体も、幾度も握り直しては膝の上に戻される両手も、彼から窺える反応の全てが動揺と怯えに包まれている。

これはどういうことだろう。

さすがにカルディナも、状況を理解するには情報が足りない。

「もう少し詳しいお話をお願いできます？　私にどのような助けをお求めでしょう」

再び沈黙が訪れるかと思ったが、そんなことはなかった。

「エルシーを……私の恋人を、助けていただきたいのです」

彼は語る。

これまで知らぬ存ぜぬとのらりくらりと笑いながら言い逃れてきた、ルジアーナでの悪趣味で悪辣で、残酷な遊び。

それに自分が確かに関わっていたことを認めた上で、今度はその遊びの獲物にエルシーが狙われているのだと。

「狙われているとは、また随分他人事のように仰るのね。狙っているのはあなたとそのお友達で、最初からそのつもりで彼女と親しくなったのではないの？」

カルディナの声にも言葉にも鋭い棘が含まれている。

その棘の存在に、もちろんチェスターが気付かないはずはない。

彼らの手口はどこまでも卑怯で卑劣極まりないものだった。

大人しく控えめな性格の娘を狙って、甘い言葉を囁いて近づき、気のあるそぶりを見せ、将来の約束さえ匂わせる。

そうして心が向いた娘を仲間全員で絶望の底に叩き落とすのだ。

「にもかかわらず、彼女を助けてほしいだなんて、一体どんな心境の変化なのかしら？」

「……確かに、元々は彼女を次の獲物にするつもりだった……それは認めます」

ルジアーナにいた頃、何一つ不自由なく、望めば大抵のことは叶う環境の中で成長してきたチェスターは、いつも退屈していたという。

欲しければ手に入れ、それが人のものであれば奪い取り、そして飽きれば簡単に捨てる……そんな生活が当たり前だったのだと。

彼が、悪友達と共に悪い遊びを覚えたのは必然だったと言っても良い。

暴行そのものが楽しかったと言うよりも、信じていた恋人に裏切られ、大粒の涙を流して絶望する被害者達の姿に強い快感を覚えたのだと彼は言った。

「最低ね。人間のクズだわ」

「……その通りです。判っていて、なのにあの時の私はその行為に罪悪感さえ持っていなかった。騙される方が悪いのだと、そう思ってすらいました」

程なくしてルジアーナにいられなくなった彼らが、ベルスナーへとやってきてしばらくは皆大人しくしていたのだという。

もちろん改心したわけではない。

アカデミーへの留学という口実で国を出た以上は退学になるような成績は取れなかったし、慣れない国で慣れない生活に馴染む時間も必要だった。

やがてベルスナーの社交界にも顔を出すようになったが、貴族の作法はルジアーナと少し違っていて、それを学び直す必要もあった。

「そんなことをしている間に少しずつ時が過ぎて、やがて私はエルシーと出会いました」

最初はまた例の遊びを復活させるつもりで、彼女に恋愛ゲームを仕掛けた。

けれど今までは相手を絶望させ泣かせる姿に興奮していたのに、次第に彼女の笑顔に心惹かれるようになって。

無残に捨ててやることが喜びだったのに、その手を離したくない、傷つけたくない、守ってやりたいと……そう思うようになったのだと彼は言う。

「女性に対してこんなにも心を惹かれたのは初めてでした。ですが、私の仲間達は違った」

チェスターが大切にエルシーとの関係を育み、将来の夢さえ抱いたその時に、仲間に言われた。

「そろそろまた、始めようと」

エルシーを、新たな生《い》け贄《にえ》にするために、呼び出せと。

「彼女が、これまでの被害者達と同じ目に遭うかもしれないと思った時、初めて自分がどれだけ惨《むご》いことをしてきたのかがようやく判りました」

チェスターが両手で自分の顔を覆う。

「嫌だと言っても、もう止めようと言っても無駄でした。今更自分だけ何も知らぬフリをして善人になるつもりかと。その資格があるのかと言われて、何一つ反論できなかった」

次第に声に嗚咽が混じる。

震える声は、酷く聞き取り辛い。

「助けてください。……こんなことを言えた義理ではないと判っています。でも、他に頼める人がいません。このままではエルシーが」

「本当に、随分と虫のいいお話ですこと。散々女性達に一生ものの傷を残す暴行をしておいて、本気になってしまった自分の恋人だけは救いたいだなんてどの口が言うの。恥を承知でと仰っていたけれど、笑わせないでくださる？」

声を上擦らせながら訴えるチェスターに対し、しかしカルディナの声は冷ややかだ。

「それほど恋人が大切なら、ご自身で刺し違えてでも守ったらいかが？　自分では何の努力もせず、泣いて助けてくれと言えば願いが叶うと思っているの？」

お涙ちょうだいと言わんばかりに訴えてくるが、残念ながらチェスターの言葉の中にカルディナが同情する要素は一つもない。

チェスターが恋人を失おうが、それによって自分の過去を悔いようが、冷たいようだが全て自業自得だ。

気の毒なのはエルシー他、彼らの獲物にされた娘達で、チェスターや他の仲間達がどんな生い立ちであろうと関係ない。

確かな事実は、彼らが犯した罪深い所行である。

大体今口にしている話が事実かどうかも判らない。

だが、今の会話の中から見えてきたこともあった。

今まで過去の犯行はチェスターが主体で行ってきたものと思っていた。

しかし、その彼よりも上に立つ人間がいる。

仲間達の中で、チェスターより身分が高く、人を従わせる力がある人間は一人だけだ。

「忌々しいこと」

内心大きな舌打ちをしたい気分で、執事に合図をすると紙とペンを持ってこさせる。

即座に用意されたそれらをチェスターの目前に差し出すと、命じた。

「あなたが犯した過去の犯行の全てをここに書き出しなさい。いつどこで、誰が関わったのか、誰にどんな行いをしたのか、思い出せる限り全て。もちろんあなた自身のサイン入りでね」

　当然そんなものを残せば大きな証拠になる。

　法廷に出されれば言い逃れできないほどの。

「それは……」

「できないというのなら結構よ、どうぞお引き取りくださいな」

「……」

「言っておくけれど、私はいくら涙を流して訴えられようがあなたを理解なんてしない。情状酌量もしない。あなたも含め、関わった全員に相応しい罪を償わせるつもりよ。当たり前でしょう、それだけのことをしたのだから」

　カルディナの瞳には強い怒りが宿っている。

　激しい王女の怒りを受けて、チェスターはもはや言葉もない。

「だけどあなたが己の罪を全て自白し、残りの仲間全員を捕らえる協力をする覚悟があるのなら、あなたの恋人くらいは助けてあげるわ」

　チェスターの膝の上に置かれた拳が、ぐっと強く握り締められる。

　色が変わるほど力の込められたその手に彼の葛藤が現れているようだが、そんなこと知ったことか。

　あれだけ冷酷な真似をしておいて、今になって多少の苦しみを味わったところで到底足りない。

「この後に及んで余計なご託は結構よ。選びなさい、チェスター・ノルギーニ。また逃げるのか償うのか、今ここで」

結局チェスターがペンを取り、全てを書き終えるまでに二時間を要した。

途中で何度も手を止めながら、考え込み、悩む仕草を見せつつも書き上げた書面の最後に自身のサインを書き記した彼は、それをカルディナの手に託すと、静かに屋敷の裏手から帰って行った。

手元に残された自白書には、カルディナが把握していることだけでなく、犯行に関わった者しか知らない詳細な内容が記されている。

これでチェスターの両手に手錠が掛かった。

だが彼一人だけで満足することはない……残りの者達にも全て縄を掛けなくては終わらない。

ふう、と小さな溜息を付いた時、近づいてくる人の気配があった。

その人は背後からソファに座るカルディナに覆《おお》い被《かぶ》さるように身を乗り出してくると、その腕に彼女を抱き締める。

険しかったカルディナの表情がフッと綻んだ。

「お帰りなさいませ、旦那様。お迎えに出られなくてごめんなさい」

「構わない。あなたは来客の相手で忙しかったようだし」

その言葉からヒューゴが帰宅したのは今ではなく、もっと早い時間だと判る。

チェスターがやってきた際、万が一のことを考えて執事に王城にいるヒューゴの元へ使いを出すよう命じたのだ。

その報せを受けてすぐに帰ってきてくれていたのだろう。

応接室に入ってきても構わなかったのに、邪魔をしないようにと今まで待っていてくれたらしい。

帰り際、恐らくチェスターはヒューゴと顔を合わせたはずだ。

項垂《うなだ》れて立ち去ったであろうチェスターの姿を、ヒューゴはどう思っただろうか。

「お願いがあります、旦那様」

「なんなりと」

「準備が出来次第、グリード卿の手引きで犯人の全てをおびき出し、一芝居打つ予定です。できればそこで終わらせたいと思っています。力を貸してくださいます？」

万が一チェスターが裏切った時。

犯人達が逆上して襲い掛かってきた時。

逆に罠に嵌《は》められた時。

「私が信じて助けを求められるのは、旦那様だけですから」

後ろを振り返り、にっこりと微笑む強《したた》かなカルディナの笑みにヒューゴはやれやれと肩を竦めて見せた。

そんなことを言われて断れる男がどれほどいるのだ、と言わんばかりに。

「夫を使うのが上手いな、奥方殿。……お望みのままに」

額に彼の唇が落ちる。

それを小さな笑い声を上げて受け止めながら、彼女はこれが最後となることを願って目を閉じるのだった。


チェスターが訪れて以降のカルディナの行動は早かった。

理由は三つある。

一つは数年前から続くこの問題を、できるだけ早く終わりにしたいこと。

もう一つはチェスターに迷う時間を与えたくないこと。

そして最後の三つ目にして最大の理由……それを考えた直後、誤魔化すように頭を振る。

「それであなたはどんな作戦で行くつもりなのだ。護衛のためにも考えを教えてほしい」

「はい、もちろん。罠を張ろうと思います」

彼らは令嬢を人気のない場所に呼び出し、襲撃した後に彼らの拠点へと攫《さら》って暴行を加えるというやり方を好む。

「貴族の令嬢が一人で出歩くことなどまずあり得ませんが、好意を持った相手にとても大切な話があるので、どうしても二人きりで話がしたいと情に訴えられれば、大抵の女性は肯いてしまいますわ」

「それはあなたでも？」

「そうですね。旦那様にそう頼まれたら一も二もなく肯きます」

きっと今回も同様の手口でチェスターに、エルシーを襲撃場所までおびき出せと言われているはずだ。

幸いエルシーとカルディナは髪色が似ている。

ドレスをエルシーが好むような甘い系の物にして、帽子を目深まで被れば、エルシーと直接会ったことのない男達の目を、誤魔化すことくらいできるはず。

そうしてわざと襲わせる。

「恐らく攫われるその時に少し強く抵抗すれば、彼らも騒ぎになることを防ぐために、口を塞ごうと少々手荒な扱いになるはずです。そうなるようにグリード卿に誘導させます」

「多少とはどの程度だ。あなたに危険が及ばないだろうな」

「そうならないように、旦那様に近くに控え、器物損壊や傷害未遂の現行犯が成立した時点で捕らえていただきたいのです」

「だが、それであなたが満足するほどの罪を問うのは軽すぎるのではないか？」

ヒューゴの言うとおりだ。

たとえ彼らが多少暴れたとしても、器物損壊は殆どが罰金刑で済むし、傷害未遂も未遂である以上はそれほど重い罪には問われない。

まして他国の貴族である。

「通常はお互いに和解を促されて終わる程度だ。外交問題が絡んでくる可能性も考慮すればなおさらだろう」

「外交問題になどなりませんわ。嫁いで王位継承権こそなくなりましたが、私がルジアーナの王女であることに変わりはない。その王女が、ルジアーナの国の者に害された……つまりこれはルジアーナの問題だ、と主張できます」

つまりベルスナーは無関係だ、と突っぱねてくれということだ。

「身柄さえ押さえてしまえば、後はどうとでもなりますわ」

カルディナは言う。

こちらにはチェスターの書き残した犯罪を自白した調書がある。

「もちろんすぐにはマクネイアー卿も認めないでしょうが、取り巻きの者達はどうでしょう？　最後に彼らの口から共犯としてマクネイアー卿の名を引き出せれば、後はルジアーナで母が良いようにしてくださいます」

しかしヒューゴの表情は渋い。

そのやり方が随分と強引に感じるからだろう。

「もう少し時間を掛けてはどうだ。今の話ではあくまでも軽微な罪と、彼らの自白頼みだ。もちろんグリード卿の供述は彼の罪を問うには強い証拠となるが、マクネイアー卿の罪となると、本人に知らぬとシラを切られれば、それを嘘だと証明するのは難しい」

「その間に新たな被害者が出たらどうします？　新たな被害を生まず、彼らを罪に問うには多少強引な手段も必要です」

ヒューゴの言うことは判る。

嫌と言うほど判っているつもりだ。

でも、この件に関してはたとえヒューゴであろうと譲れない。

そんなカルディナの意思が伝わったらしい。

「……あなたという人は……協力すると約束したのは私だ。だが決行する日時は私にも意見させてほしい。こちらも人手の手配が必要になる」

できればすぐにでも行動に移したかったけれど、恐らくここが妥協点だろう。

「はい。承知しました」

結局、不承不承ながらも結局ヒューゴが肯《うなず》いてくれたのは、きっとこれ以上反対してもカルディナが引かないと判っているからだ。

ならば自分の見ていないところで行動されるよりは、監視できる位置にいた方が良いくらいに考えているのかもしれない。

彼を困らせて、本当に申し訳ないと思う。

この問題が片付いたら、本当に良い妻になれるように努力しよう。

その後、ヒューゴが許可を出したのは、この話をしてから五日ほどが過ぎた頃だ。

正直もっと待たされるかと思ったが、想像していたよりも早くに許可がもらえてホッとしながら、カルディナはすぐに行動に移した。

が、もちろん自分の計画が全て順調に思った通りに進むなんて考えていない。

そしてどうやらその予想は当たってしまったようだ。

飾り気の少ない、シンプルなデイドレスと広いつば付の帽子で顔を隠しながら向かった待ち合わせとなる酒場に、チェスターは仲間とおぼしき男達を連れてきた。

しかしそれはカルディナが要求した、セドリック他数名のルジアーナ貴族とは全くの別人だ。

チェスターの強ばった表情を見ると、恐らくは望んで連れてきた相手ではないらしい。

「……チェスター様。こちらの方々は……」

飾りのないシンプルな帽子で顔を隠し、精一杯か弱げな声を装いながら、言外に問いかける。

見知らぬ男達に怯えているように見せかけながら、実際には「これはどういうことだ」と尋ねていることは、チェスターにも伝わったはずだ。

帽子のつばの陰からチラと彼を見やれば、チェスターはやや強ばった顔をしながらもこう答えた。

「……君に、会いたいという人がいるんだ」

と。

なるほど、どうやら予想通りにこの男は裏切ったようだ。

あるいは挙動不審な様子からセドリックに勘付かれて洗いざらい吐かされたのかもしれないが、結果的にその行動は裏切り以外の何者でもない。

「まあ。困りましたわね……どうしましょう」

オロオロと振る舞いながら、内心は、

(なんて救いようのない男……)

と呆れかえりながら、そうと知られないように吐息を吐いた。

予定ではここで待ち合わせたセドリック一行を上手く挑発するなり興奮させるなりして一暴れ仕組むつもりだった。

「……頼む、この近くで待っているから……一緒に来てくれないか」

「そんな、でも……」

「頼む」

切実そうに頼み込むチェスターとは裏腹に、男達はニヤニヤと笑っている。

周囲をさり気なく見回すと、何気ないそぶりを装いながらもこちらに意識を向けている数人の客がいる。

ヒューゴがつけた護衛の騎士達だ。

聞いていた話とは違う様子にどう動くべきか思案している様子の彼らへ、さり気ない手の仕草だけで動くなと合図を送った。

カルディナとしてはむしろここからが本番なのだ。

「本当に困った人ね」

呟きながら、帽子のつばの下から上目遣いで睨む。

お前が裏切ることくらい、最初から判っていた、とでも言いたげに。

「…………済まない」

「チェスター様がそう仰るなら、仕方ありませんわね」

チクリと胸が痛んだのは、ヒューゴへの後ろめたさからだ。

やっぱりこんな結果になってしまった。

後で誠心誠意謝るしかないと腹を括《くく》り、差し出すチェスターの手を取る。

その姿を仲間の男達が相変わらずニヤニヤと笑って見ていた。

そんなチェスターと男達に連れられて、カルディナは座っていた酒場の椅子から立ち上がると歩き出す。

やはり背後で数人の客に扮《ふん》したヒューゴ達の部下が身構える姿に「動くな」と一瞥《いちべつ》をくれて奥の勝手口から外へ出た。

一体自分をどこへ連れていくつもりだろう……どちらにせよ、碌《ろく》なことを考えていないだろうことは確かだけれど。

「あまりおどおどしないでいただけます？　目障りですから」

「……あなたは随分と落ち着いている。恐ろしくはないのですか」

堂々としたカルディナに反して、チェスターはどんどん落ち着きを失っていくのが判る。

これではもはや、どちらが攫われる立場なのか判らない。

怖くないかと言われればそんなことはない。

それでも必要以上に恐ろしいと思わない理由はただ一つ。

「何かあっても必ず助けてくださると信じている方がいるからです。その女性の信頼を裏切り続けてきたあなた方には判らないでしょうけど」

「……」

ぐっと黙り込むチェスターにそれ以上カルディナは何も言わず、路地裏から少し開けた場所に停《と》めてある一台の馬車へと乗り込んだ。

頭の中に先程のチェスターの怯えと後悔に満ちた表情が蘇って苛々《いらいら》と溜息を吐く。止めてほしい、今更自分の方が被害者だと言わんばかりな顔をするのは。結局自分で抗《あらが》うことすらできない男のくせに。

向かった先は、そこから三十分ほど走った郊外にある廃屋である。

念のため後ろを振り返ったが、背後から誰かが追ってくる様子はない。

きっとヒューゴや、その部下が後を追ってくれていると信じて先へ進むしかなかった。

導かれるまま廃屋へと足を踏み入れたカルディナが通されたのは、屋敷のもっとも奥に存在する個室だった。

恐らく元は家主の寝室だったのだろう。

部屋には寝台とテーブル、それにソファが置いてある。

古い廃屋だけれど、この部屋に置いてある家具は比較的新しい様子から見て、多分チェスターの仲間達が運び込んだに違いない。

そのソファに一人の青年が座っていた。

穏やかな微笑を浮かべた、線の細い上品そうな美貌の青年は皆を出迎えるようにソファから立ち上がるとその笑みを深め、そして告げる。

「ようこそ、カルディナ姫。このようなところまでご足労いただきありがとうございます」

はあ、と溜息を吐いて目深に被っていた帽子を外す。

その下から現れた顔を見つめ、満足そうに笑ったのは目の前の青年……かつて婚約者だった、セドリック・グラッツェンだ。

「ごきげんよう、マクネイアー卿。せっかくのご招待だけれど、お礼は言わなくてよ？」

「姫の女性とは思えぬ行動力に感服いたします。その胆力、もし王子であれば、ルジアーナの王冠はあなたのものだったでしょうに」

カルディナの皮肉に対してセドリックも皮肉で返してくる。

ルジアーナにいた頃、母である女王が生んだ子は長らくカルディナ一人だけだった。

しかし彼女が十になった頃、弟王子が生まれた。

この時点でカルディナは弟に玉座を譲ることとなり、そして必ずしも国にとって必要な後継者ではなくなった……そのことを揶揄《やゆ》しているのだ。

「それが何だと言うの？　私は別に玉座に興味はありませんし。今は素敵な旦那様の元で幸せに暮らしておりますもの、何の問題もございませんわね」

「なるほど。夫婦仲がよろしくて何よりです」

そんなつまらない話をするためにここまで来たわけではない。

外の様子を知りたいが、窓はセドリックのいる向こう側にあって、カルディナの位置から覗き込むことはできそうにない。

「残念ですが、ご夫君の助けを期待しているのであれば諦めた方が良いですよ」

「……」

「邪魔をされるのも無粋でしょう？　公爵閣下は今現在、王太子殿下に足止めしていただいています」

確かにヒューゴの姿をカルディナは見ていない。

顔が割れているから身を隠しているのかと思っていたが、今の口ぶりだとどうやらリオンにも一枚嚙ませているらしい。

セドリックがリオンを抱き込んでいることは既に承知している。

確かにリオンであれば、ヒューゴを強引に呼び出して自身の元へ留め置くことは可能だ。

リオンはヒューゴとカルディナの婚姻関係を無効にしたいはずだから、最近親しくしているセドリックから頼まれれば、喜んで協力しそうな気はする。

「まあ。王太子殿下をそのような企みに利用するなんて、不敬も良いところだわ」

「ご夫君の部下である騎士達も違う馬車を追って正反対の場所へ向かっているはずです。これでゆっくりと話ができますね」

どうやらカルディナを乗せた馬車と、全く同じ馬車を複数用意して攪乱《かくらん》したらしい。

途中あえて人目につく、人通りも馬車の通りも多い王都の目抜き通りを突っ切って走っていたが、それは他の馬車に紛れさせるためと、追跡をかわすためだったようだ。

「相変わらずそういった知恵は働きますのね。そうやってルジアーナでの婦女暴行事件でも自分は一切表に立たず、まんまと逃げおおせたのでしょう？」

「逃げたとは人聞きの悪い」

そうは言ってもセドリックは事件に関与していることを否定しない。

「そもそもあの悪趣味な遊びは誰が言い出したことなんです？」

「ひどいな、私ではありませんよ」

もちろんそんな言葉は信じない。

一見人畜無害な青年に見えるくせに、時折残酷な眼差しをするセドリックがカルディナはずっと嫌いだった。

この手の人間を何人か知っている。

つまらない、気に入らない、という感情だけで他者を傷つけることのできる人間だ。

王女の義務と受けた婚約だったが、淡々としていられたのは夫婦生活の実情を知らなかったからだ。

今は破談にしてくれて本当に良かったと、そう思う。

あのまま結婚していたらどんな夫婦生活になっていただろうかと思うと怖気《おぞけ》が走る。

「それで、全て承知の上でご招待いただいた理由は何かしら？　まさか大人しく自首してくださるとも思えないのだけれど」

もちろんです、と低く笑ってセドリックは答えた。

「あなたと取引をしたくてお招きしました。以前婚約していたよしみです。どうか私達をそっとしておいてください。私達は数年も経てばアカデミーを卒業して国へ帰る予定です。いずれあなたの前から消えますし、それまでの間、お互い不干渉といたしませんか」

「そして自分達は何食わぬ顔で家を継いで、今後もあの悪趣味な遊びを繰り返すということ？」

「子どもの遊びは今だからできることです。もちろん家を継いだ後は真面目にその責任を果たすつもりですよ。ああ、ついでに女王陛下にも口添えいただけますか。過去の不確定な事件を理由に、一部の貴族家を蔑ろになさらぬように、と」

ぬけぬけとまあ、よく言うものだ。

自分の行いを子どもの遊びと言い切り、平然とこちらに要求まで突きつけてくる。欠片《かけら》も罪悪感を覚えてもいない様子に吐き気がした。

「そんな要求に私が肯くとでも、本気で思っているのかしら」

「思っていますよ。姫も、ご夫君に秘密にしたいことの一つや二つあるはずです」

セドリックの合図を受けて男達がカルディナの周囲を取り囲んだ。

ぎらついた彼らの目がこちらの胸や腰など女性らしい特徴を持つ部位に注がれている様子からして、どうやら彼らはカルディナをその遊びに引き摺り込み、強制的に口を封じるつもりのようだ。

「長らく婚約していた関係です。どうぞ一緒に楽しみましょう」

本当に頭の中まで腐り果てた小悪党だ。

まるで自分が大物であるかのような振る舞いをしているけれど、彼のしていることは力の弱い女性を相手に、自分より身分の低い男を仲間にして、家の力を頼みに振る舞っているだけだ。

彼が相手にするのは常に弱者のみ。

それだってお膳立ての全ては手下に任せ、自分は身を隠し、楽しむ時にしか出てこないという卑怯者《ひきょうもの》。

大体さっきからなんだ。

この短時間でセドリックの口から繰り返された言葉を思い出した途端、思わずカルディナは噴き出すように笑ってしまった。

「ふふふ」

単身で男達に囲まれて、逃げ場のない密室という絶体絶命的状況であるにもかかわらず突然笑い出したカルディナに、さすがにセドリックも怪訝そうな眼差しを向けてくる。

それが可笑《おか》しくて、更に笑いが止まらない。

大声で笑うなど淑女としては褒められたことではないと判っていても、カルディナはその行為を隠そうともしなかった。

「何がそれほど可笑しいのですか」

問われて答える。

笑いすぎて涙の滲《にじ》んだ目元を拭いながら。

「ごめんなさいね。だってさっきから婚約していたとか、元婚約者とか、自分から逃げ出したくせにいつまで婚約者面するつもりかしらって。生憎と私はあなたに未練なんて欠片もないのに、案外あなたは違ったのかしら？」

恐らく以前婚約していたことを繰り返し主張する自分の発言にセドリック自身気付いていなかったのだろう。

冷静を装いながらも、指摘されて初めて気付いたような彼の僅かな反応をカルディナはしっかり見ている。

それを承知の上で続けた。

まるで……いや、意図的に挑発するように。

「むしろあなたが婚約を破棄してくれたおかげで、うんと素敵な旦那様に巡り会えた。その点に関してだけはあなたに感謝して差し上げるわ」

一瞬セドリックが沈黙する。

「どうも、ありがとうございます」

心からと言わんばかりににっこりと微笑んで見せるカルディナに、セドリックは負けじと笑みを浮かべたが、不快に感じただろう感情を隠し切れていない。

男としてのプライドを傷つけられたのだろう。

笑っていても目に剣呑《けんのん》な感情が透けて見えるようで、より煽るようにカルディナはせせら笑った。

「どうなさったのかしら。お顔が引きつっていらっしゃってよ」

「……姫もお人が悪い」

「あら、どこが？　それと先程から私を馴《な》れ馴《な》れしく姫、姫と呼ぶけれど、今の私はヒューゴ・ロックウォードの妻であり公爵夫人です。ルジアーナの王女としてあなたと婚約していたのはもう遠い昔の話。弁《わきま》えてくださる？」

その瞬間、ピシリと空気が凍り付いたような錯覚がした。

わざとやっていることとはいえ、我ながら相当腹立たしい女だろうなと思う。

自分ならこんな女を相手にするのは頼まれても御免被りたい。

しかし生意気な女を征服し、屈服させることに喜びを感じる悪趣味な性癖を持つ者も少なくない。

セドリックがそういった好みの男かは判らないけれど……どちらにせよ彼はカルディナの挑発に強い苛立ちを覚え、そして彼女を力で屈服させることを選択したようだった。

「そうですか。ではそのご主人に言えないような秘密を、私達と共有いたしましょう。チェスター」

不意に名を呼ばれてチェスターの肩がびくっと跳ね上がる。

顔を強ばらせて振り返る彼にセドリックは酷薄な笑みを向けながら一言告げた。

「判っていますね？」

それが一体何を指しているのか、想像することはさほど難しくない。

カルディナを襲えと言っているのだ。

これまでやってきたことと同様に。

セドリックの命令を受けてこちらに向き直ったチェスターの顔は、酷く強ばっていた。

まるで死刑判決を言い渡された囚人のように。

カルディナの軽蔑した視線がセドリックへと向けられる。

「相変わらず卑怯で程度の低い男ね。大勢で群がらないと一人では何もできない。自分では知恵者を気取っているつもりかもしれないけど、もう少し謙虚に生きることをお勧めするわ」

「ご忠告ありがとうございます。姫にも同じ言葉をお返ししますよ」

「あら。私は謙虚に生きているわよ？　男性の愛は旦那様一人のものだけで充分だから」

きっとこの男には他者の痛みも、気持ちも理解することはできないのだろう。

その間にも葛藤の窺える様子で、それでもチェスターはセドリックの言葉に従うようにカルディナの元へにじり寄って来た。

まるで仕方がないのだ、判ってくれと許しを請うているようにも見える。

もちろんそんな許しをカルディナが与えることはない。

自分へと手を伸ばそうとするチェスターをひどく冷めた眼差しで見つめて、彼女は言った。

「私をどうにかした後、次に標的にされるのは間違いなくあなたの恋人よ。問い詰められたのか自分から口を割ったのかは知らないけれど、あなたの愛って軽いわね」

びくっとチェスターの身体が震える。

カルディナの指摘は彼のもっとも懸念することと、後ろめたい部分を突いたらしい。

「何をしている、チェスター！」

急《せ》かされても、それきり動きを止めてしまった彼の様子にセドリックは苛立ったように周囲の男達へと目を向ける。

セドリックが男達へ命じるよりもカルディナが再び挑発する方が先だった。

「人に命じてばかりいないで、ご自身で動いたらいかが？　口先だけで行動力の伴わない男性ってみっともないわよ、元婚約者様？」

くすくすと嘲笑《あざわら》うようにわざとらしく声を上げる。

胸の前で腕を組み、堂に入った態度で不貞不貞《ふてぶて》しくふんぞり返る姿は、知らぬ者が目にすれば、まず間違いなく噂通りの悪女に見えるだろう。

「それともそんな度胸はないかしら？」

ぱん、と肌を打つ高い音が響いたのはその時だった。

男の力で容赦なく頬を平手で打たれ、よろめいたカルディナの身体が後ろへ下がる。

そのまま倒れ込むことを許さずに彼女の胸ぐらを摑んだのは、つい先程まで高みから人を見下ろすように微笑んでいたセドリックその人である。

「まったく、昔から可愛げのない生意気な女だ」

打たれたカルディナの白い頬がみるみる色を変えていく。

熱を持ち、じんじんと訴えてくる痛みと、口の中に広がる鉄錆《てつさび》の味に気を取られた一瞬の隙を突くように、セドリックの手が強引に彼女の身を手荒に床に引き倒し、その上にのし掛かられた。

受け身を取ることもできず強く背を床に叩《たた》き付《つ》けられて、一瞬カルディナの呼吸が止まった。

ビリッと不吉な音を立ててドレスの前身頃が引き裂かれたのはその時である。

「泣けよ。思い切りわめけば良い、そして絶望しろ。お前のそんな顔は最高に興奮しそうだ」

「……やっぱりゲスね」

「言っていろ。女一人で何ができる」

セドリックの手が、再び振り上げられた。

それでもカルディナは怯えた表情を出さず、一切引くことはない。

彼女は高らかに告げる、宣言するように。

「一人？　ご冗談を。私の夫、ヒューゴ・ロックウォードがあなたごときの奸計《かんけい》に騙されるわけがないでしょう？」

その直後だった。

「全員その場から動くな！」

突然場に割り込んできた第三者の声があった。

それは声だけではなく、あっという間に踏み込んできて、チェスターや他の仲間達はもちろん、カルディナにのし掛かっていたセドリックの制圧に掛かる。

突然のことにまともに抵抗すらできずに身柄を拘束される男達を横目に、セドリックがカルディナから引き離された。

「何をする、離せ！」

セドリックが叫ぶと同時に、ガツッと鈍い音を立てながら容赦なく床に叩き付けるようにその自由を奪った人物がいる。

もちろんカルディナが信じている唯一の人だ。

「旦那様」

引き裂かれた胸元を押さえて身を起こすカルディナを、何とも物言いたげなヒューゴの視線が追ってくる。

ばつの悪さを誤魔化すようににっこり微笑もうとして、打たれた頰の痛みに失敗してしまった。

その様子に更にヒューゴの表情が険しくなる。

夫婦の間に漂った何とも言えない沈黙を破るように声を上げたのは、そのヒューゴの手で床に押さえつけられたセドリックである。

「なんで……⁉」

上手に捲《ま》いたと確信していた様子の彼にしてみれば、なぜここでヒューゴと騎士達が踏み込んでくるのか理解できないのだろう。

実際に後から追ってくる様子もなかったし、屋敷の周囲にも彼らの姿はないはずだった。

「なぜ……！　今頃王太子が足止めしているはずなのに！」

セドリックの疑問に答えるように、今一人の人物が現場に現れた。

床に這いつくばる苦しい姿勢からその人の姿を見上げ、誰よりも息を吞んだのはセドリック本人である。

何しろ、リオン本人がそこにいたからだ。

「殿下を完全に抱き込んだつもりだったようだが残念だな。また敵の陽動を見極めることも、捕獲対象に気付かれぬよう潜伏することも騎士の技能の一つだ。訓練されたわけでもない素人に毛が生えた程度の小悪党に、簡単に騙されるほど耄碌《もうろく》していない」

全てはもちろんセドリックを油断させるためだ。

「どれほど上手くやったつもりでいても、所詮は素人の浅知恵だ。温室育ちの宮廷貴族の企みに、訓練を受けた職業軍人が遅れを取るようでは困る」

淡々と告げるヒューゴの言葉に顔色をなくしたセドリックが、視線を懸命にリオンへと向ける。

「殿下！　殿下、どうかお救いください！　彼らは何か誤解をしているのです、殿下！」

「……残念だがヒューゴとあなたを天秤《てんびん》に掛けるなら、俺はヒューゴを選ぶ。……ヒューゴは、俺にとって決して失いたくない人なんだ」

気まずそうに、けれどはっきりとそう告げるリオンに、セドリックの顔は強ばるばかりだ。

どうやら王太子は最後の最後で選択を間違えなかったらしい。

その様子にカルディナは知らぬうち、ホッと安堵《あんど》の吐息を漏らしていた。

そんな彼女をまた一瞥した後、ヒューゴは押さえつけたセドリックへ告げる。

「セドリック・グラッツェン。あなたを含めた共犯者一行の身柄を、誘拐、婦女暴行未遂、傷害の現行犯で拘束する」

「待ってください、私は誘拐などしていません！　公爵夫人は自ら、その足でここまで来たのです。彼女の意思です！」

「複数の男達で周囲を取り囲み、逃げられない状況に追い込んで誘導する行為も立派な誘拐だ。またあなたの罪はそれだけに限らない。半端な言い訳が通用すると思うなよ」

　ヒューゴは容赦しない。

　どうやらカルディナに手を上げたことに相当腹を立てているようだ。

　セドリックを縄で拘束した後、カルディナの元へとやってきてその身を助け起こしたヒューゴが、打たれた彼女の頬を見て眉を顰めた。

「……無茶をする。口の中は切っていないか？」

「少しだけです。見た目ほど大したことはありませんわ。ご心配なく」

「無理を言うな。心配しないはずがないだろう」

　あえて軽く笑い飛ばすように言ったのに、生真面目に返されてはさすがに茶化《ちゃか》すこともできない。

　そんな彼女の赤くなった頬に触れぬよう、そうっと上向かされる。

「口を開けなさい。傷はどのあたりだ」

「そんな……恥ずかしいですから、ここではちょっと……」

周囲の騎士やリオンの視線がどこか生温かい。

困ったように眉を寄せ、大丈夫だと訴えようとしたその時、ヒューゴの率いる騎士達に引っ立てられるように外へと連行されようとしたセドリックが、目を剝いたように叫んだ。

「私を誰だと思っている⁉　このことは我がグラッツェン公爵家を通じて、正式にベルスナー側に抗議します！　深刻な外交問題になることを覚悟なさい！」

この後に及んでまだ見苦しく往生際の悪い主張を行うセドリックに、カルディナが眉間に深い皺を寄せた。

国から逃げ出してきたのは自分のくせに、こんな時はその国に頼ろうとするなど愚かにも程がある。

そんな者の訴えに母は耳を貸さないだろう。

いい加減にしろとカルディナが口を開こうとするより先に、静かに告げたのはヒューゴである。

「その心配はないだろう。何故ならあなたはグラッツェン公子ではないからだ」

「な、何を……！　妙な言いがかりを付けるのは止めていただきたい！」

「言いがかりなどではない。マクネイアー卿、あなたがリオン殿下と接触を持っていると知った時点で、ルジアーナのグラッツェン公爵家に正式な問い合わせを行っている。マクネイアー伯爵と名乗るグラッツェン公爵子息が我が国の内政に干渉する意思が窺えるが、それはそちらの家も承知のことなのか、と」

「なっ」

「まあ」

より間抜けな声を出したのはカルディナとセドリック、どちらの方だっただろう。

「それに関して先日正式な回答が届いた。グラッツェン公爵家のセドリック公子は現在も領地の田舎で療養中。ルジアーナでグラッツェン家の名を名乗る者は全て偽物である、と」

淡々と告げるヒューゴの言葉に、今度は間の抜けた声も出なかった。

「……もしかして旦那様。私に少し待てと仰った理由はこれですか？　あちらの家がどう出るかを確かめるために？」

ヒューゴは肯定しなかったが、否定もしなかった。

ということは、つまりそういうことなのだ。

徐々にカルディナの顔に笑みが広がっていく。

「まあ。では身分詐称の罪が増えてしまいましたわね。一国の公爵子息の名を騙《かた》るなんて重罪ですわよ。それにもう一つ、王太子殿下に対する虚偽罪も追加かしら？」

どうやらセドリックは実家に見限られたらしい。

考えてみれば当然の判断である。

公爵家の守ってきた長い歴史、権力、領地に領民、財産……それらの全てが無駄になるのだ、たった一人のぼんくら息子のために。

公爵家がそのような判断をしたのなら、まず間違いなく他の家も追随する。

これでここにいる関係者全員は、本当の意味で帰る場所をなくしたということだ。

「……嘘だ」

セドリックが呟いて、周囲に助けを求めるようにチェスターや仲間達を振り返るが、既にチェスターは諦めたように項垂れているし、他の仲間達も拘束され、諦めるか動揺するばかりで役に立ちそうもない。

最後に彼は再びリオンを見た。

縋るように。

しかしリオンは何も言わずに彼から目を背ける。

「……嘘だ、私はグラッツェン公爵家の跡取り息子だ、こんなところで……！」

「否定するのは勝手だが、私は追及の手を緩めるつもりはない。あなたは私の妻に手を上げた。徹底的に追い込ませてもらう」

さあっとセドリックの顔がこれ以上ないほどに青ざめる。

ようやく彼は本当の意味で理解したのかもしれない。

王家に次ぐ、あるいは王家とそう変わらない国内最大の筆頭貴族、ロックウォード公爵に喧嘩《けんか》を売ることが、どういうことであるのかを。

「連れて行け」

去り際に彼は往生際悪く、カルディナに対する罵声を浴びせていたが、誰もその言葉に耳を貸す者はなく、仲間の男達も次々と連行された。

最後にチェスターが一度ヒューゴとカルディナに深々と頭を下げると、無言で騎士達と共に立ち去って行く。

恐らく彼が罪を認め償う道を選んだとしても、二度と恋人であるエルシーと交わる道はないだろう。

だが少なくともこれ以上、エルシーを含めた他の令嬢達が被害に遭う可能性はなくなる。

チェスターの横顔は、どこかホッとしているように見えた。


カルディナが公爵邸に戻ることができたのは、簡単に身なりを整えた後で、一通りの聴取を受けてからだ。

遅れてヒューゴが帰宅したのは翌日の夜のことである。

ひとまずセドリック達は正式な聴取と裁判、そして刑罰が決まるまで牢《ろう》に収容されることになったと告げられた。

現行犯であるため、それほど長い時間は掛からないだろう、ということも。

「この度はお手間を取らせて申し訳ございませんでした。ご協力いただいたことに深く感謝いたします」

そう言って深々と頭を下げたカルディナに手を振って止めさせたのはヒューゴ自身だ。

「夫婦の間で手間も何もない。協力をするのも当然のことだ。だがカルディナ、私は聞いていないぞ」

「えっ？」

何のことかと首を傾げる彼女にヒューゴは笑う。

微笑んでいても、ちっとも笑っていない目で。

「当初のあなたの話では、彼らをおびき出してその場でちょっとした騒ぎを起こす、という程度のことだった。だが実際は誘拐に傷害、暴行未遂被害まで受けている。それに対して、申し開きすることはないか？」

「それは……」

思わず視線が泳いだのは後ろめたさのせいだ。

カルディナに、ヒューゴの追及は続く。

「あなたは最初からこうなることを予測していただろう」

「ええと、それはその……やむにやまれぬ事情があったと言いますか。根まで刈らねば意味がないというか……」

もごもごと言い訳じみたことを口にするものの、ヒューゴの眼差しは変わらない。

「もしあなたの命が脅かされることになっていたら、どうするつもりだった」

確かにカルディナの死と共にボルノワ領を返還しなくてはならない。

娶って間もない王女を死なせたとあれば、ルジアーナとの関係も大変に面倒なことになっていたのは間違いない。

「……それは……申し訳ありません。確かに私が命を落とすようなことがあれば、ベルスナーにもあなたにも大変なご迷惑を……」

「そんなことを言っているわけではない！」

即座に言い捨てられて、びくっと肩が震えた。

ヒューゴの、こんな険しく鋭い声を向けられるのは初めてだ。

カルディナだって、判っている、ルジアーナとの関係だとか、領地の返還だとか、そんなことよりも彼が何を言いたいのか。

「……いつから、お気づきだったのですか」

「最初からだ。あなたが語った計画は、らしくないほど強引で粗《あら》のあるものだった。それはあなたも自覚していただろう」

「はい……」

確かに自覚していた。

ヒューゴが指摘した通り、軽微な罪で拘束して追及できることなどたかがしれている。彼らを罪に問い、償わせるにはヒューゴに話した内容の手段では足りないと、誰よりもカルディナ自身が判っていた。

どうしたって証拠が必要だった、彼らが重い罪を犯した証拠が。

その証拠が欲しくて、あえて彼らを挑発したのだ。

自分自身が襲われることを承知の上で。

「あなたにとって三年も堪えていた事件だ。本来であればもっと慎重に行うべきはずのことを、なぜ焦った？」

「それは……」

「それほど、私を信用できなかったか」

言い淀んだ瞬間に耳に飛び込んだヒューゴの言葉に、どくりと心臓が嫌な音を立てた。

反射的に「それは違う」と言いかけて、知らぬうち俯いていた顔を上げたカルディナは、そこで見てしまう。

自分の夫がどんな顔をしているか、を。

「……ごめん、なさい……」

ヒューゴを信じてないなんてそんなことはない。

でも本当の計画の狙いを伏せて彼に協力させたのは自分だ。

彼の言うとおり、確かにカルディナは焦っていた。

早くこの問題を解決したくて、仕方なかった……これ以上長く引きずることが、どうしても我慢できなかった。

だって。

「……早く、楽になりたかったのです。最初は、ベルスナーに行くことさえできれば……夫が誰であろうと構わないと思っていて、私にとっては結婚よりも、目的を叶えることの方がずっと大切で……」

「そうだな。あなたは最初から、そう言っていた」

静かなヒューゴの声に、ぐっと息を呑む。

と同時に込み上げてくるものがある。

「でも、あなたは私に優しくて……悪女なんて、恥知らずな悪評を立てられた私のことを、理解しようとしてくださって……大切にしてくださるから、欲が出ました」

見開いた視界が、ぼんやりと滲む。

悲しみか、悔しさか、後悔か、それとももっと他の感情のせいか自分でも説明できない。

「……一日も早く、この問題を解決して解放されたかった。なんの憂いもなく、胸に抱いた重石《おもし》を下ろして……幸せに、なりたいと思ってしまったのです……」

そう、それがカルディナのことを急いだ最大の理由である。

あんなに被害者のため、友人のためと言っておきながら、結局最後は自分が幸せになりたいと思う気持ちを優先してしまった。

だから、強引だと判っていても行動せざるを得なかったのだ。

「……ごめんなさい」

カルディナの思惑に気付いていながら、それでもやりたいようにさせてくれたヒューゴの気持ちを思うと、胸が締め付けられる思いがした。

僅かな間の後、ヒューゴが溜息を吐く。

その声にもびくっと肩を揺らしたカルディナに、彼は告げた。

「こんな無茶は、これを最後にしてくれ」

「……はい」

「あなたを愛し、心配する男がいることを忘れないでほしい」

直後伸ばされた腕がカルディナを抱き締める。

彼女の髪に顔を埋めるようなきつい抱擁に、彼がどれほど心配してくれたのかが伝わってくるようで、胸が痛い。

こんなに心配させてひどく申し訳ないと思うのに……同時に深い喜びも感じてしまう自

分はなんて悪い妻なのだろう。

すり、と自分からも彼の身体に身を擦り寄せる。

そのままどれほど抱き合っていたか……不意にヒューゴが彼女の身体を抱き上げた。

まるで子どものように正面から抱えられて驚いたが、その驚きは寝台の上へと降ろされたことで焦りに変わる。

「……あ、あの、旦那様……？」

そのままのし掛かってくるヒューゴの胸を押し返そうとしたが、すぐにその手を封じられて完全に押し倒されてしまった。

更に何かを言おうとしたカルディナの言葉を封じるようにヒューゴが告げる。

「大人しくしていなさい。あなたの身体に他に傷が残っていないか確かめさせてもらおう」

「えっ、でも、あの。どれも大したことはなくて」

大きな傷らしい傷はなく、多少小さな擦り傷や痣《あざ》がある程度だ。

本当に大したことはなく、特別な手当ても必要ない。

けれどヒューゴはカルディナが何を言おうと、もうこの行為を止めるつもりはなさそうだ。

「私の奥方は隠し事が上手いからな。この目で確かめないと安心できない」

いつも以上に強引な彼の迫り方に、不謹慎だと判っていてもドキドキと鼓動が速くなって、頬が熱を持ち始めた。

まるで何かを期待しているような目を向けてしまっただろうか。

ヒューゴの口元に少し意地の悪い笑みが浮かんだと思ったら、その指で目元の涙を拭われる。

かと思えば、続く動作で胸元から引き抜いたクラヴァットで、おもむろにカルディナの両手首を結んできた。

「あの、旦那様？」

「暴れるんじゃない。そう、じっとして」

戸惑った声を上げるカルディナに構わず、彼女の両腕を上げさせて、余ったクラヴァットの端を寝台の支柱に括《くく》り付けられると、容易く両手の自由を奪われてしまう。

先の想像ができずに身を捩る彼女のシュミーズドレスの裾を捲《まく》るように、足元からヒューゴの手が潜り込んできたのはその時である。

ルームシューズを脱ぎ落とされ、素足の足首からふくらはぎまでなぞるように撫でられて、触れられた快感に肌が粟立つ。

たったそれだけで彼と過ごした幾晩もの夜の出来事を思い出し、両足を擦り合わせるように腰が揺れた。

「だ、旦那様？」

「傷の確認をしているだけだ。他意はない」

　明らかに嘘だ。

「あ、あの、少し待ってください」

「待たない」

　ヒューゴは戸惑う彼女の声をあっさり聞き流して、ふくらはぎの柔らかさと形を確かめながら大きな手で撫《な》で擦《さす》る。

　その度にぴくっと両足を震わせるカルディナの反応に気を良くしたように、彼の手は更に上へと這《は》い上《あが》ってきた。

　柔らかなモスリンのシュミーズドレスは、足元から肌を剝き出しにしていくヒューゴの不埒な行為を防いではくれない。

「ここに痣がある。こっちにも」

　ヒューゴが示したのはカルディナの右膝だ。

　確かにそこはセドリックに床に引き倒された際にぶつけた箇所だ。

　じっとしている分には特に痛むことはないけれど、まるで大きな傷でも見つけたと言わんばかりにそっと手の平で撫でられて、またもじもじと腰が揺れた。

「そこは、ちょっとぶつけただけ……」

カルディナの言葉は最後まで続かない。

それどころか言葉が悲鳴に取って代わりそうになる。

何故ならその痣の浮かぶ膝に彼が口付けてきたから。

最初は色の変わった肌を労るように。すぐにその口付けた唇の隙間から熱い舌が差し出されて、カルディナの肌の上をねっとりと舐め上げる。

「んっ……」

ただ膝に舌を這わされただけなのに、まるでひどく淫らな行為を受けている気になるのはなぜだろう……いや、これは間違いなく淫らな行いだと思い直す。

普通、そんなところを舐められて、気持ち良いなんて思うはずがない……なのにカルディナはまだ触れられてもいない自分の腹の奥がひくりと疼き始めるのを自覚する。

「もう切なくなってきたか？」

からかうように足元から上目遣いで見つめられて、一気に頬が熱くなる。

「お戯れを……」

逃れようと身を捩るも腕は拘束されている。

まさかヒューゴを蹴りつけるわけにもいかず、ただ身体を揺することしかできない。

カルディナの反応にヒューゴは蠱惑的に笑った。

明らかに触れるだけでは終わらない、強い色香の漂う眼差しに呼吸が苦しくなる。

自由を奪われていることがいつもより感覚を鋭くさせているようで、つま先がシーツを蹴るように悶えるのを抑えきれない。

そうしている内に、カルディナの下肢を覆う下着が邪魔になったのだろう。

ヒューゴは慣れた手つきで彼女の腰から引き摺り下ろし、足から抜いてしまった。

「きゃっ……!!」

その弾みで僅かに崩れた両足の間に、突然ヒューゴの片手が差し込まれる。

あっと思った時にはもう右足を膝下から掬《すく》い上《あ》げられて、今度は太腿の痣に、その肌を味わうように舌を這わされた。

「ん、んっ……！」

同時に内股を擽るように撫でられた。

しっとり汗ばんだ、薄い敏感な肌の感触を楽しみながら、ヒューゴの皮膚が固くなった手の平が、幾度も撫で擦る。

時折戯れのように、足の付け根の際どいところまで指が触れてくるのが堪らない。

気がつくともうドレスの裾は腰の上までまくり上げられ、下半身が彼の目前に露わにされていた。

「……う……」

きっと足元から顔を伏せる彼の目には、両足の奥まで見えてしまっているに違いない。

何とか膝を合わせようとしても、片足を取られていてはそれも出来ず、何度目かも判らない仕草で、せめて片膝ででも秘められた場所を隠そうと身を捩った時だった。

「足を開きなさい。カルディナ」

低く命じる声に、腰が震えた。

既にカルディナの顔は誤魔化しようがないほど真っ赤に染まっていて、普段の勝ち気な様子はなりを潜めている。

困ったように視線を彷徨わせる彼女に、ヒューゴは告げた。

「私に悪いことをしたと思っているのだろう」

「ざ、罪悪感に訴える言い方はずるいです」

恨みがましい視線を向けてもヒューゴは引かない。

放っておくと、従うまでずっとこのままかと思わせるような焦りと、確かにこの先を期待する欲望に、カルディナはごくりと喉を鳴らした。

ほんの僅か、押さえられていない左足が開く。

しかしそれでは足りないとヒューゴの無言の視線を受けて、今度は拳一つ分。

「まだだ。もっと」

少しずつ開く角度を大きくしても、その度にもっと、もっとと求められて、とうとうカルディナは膝を立てるように、大きくその場所をさらけ出す形で開いてしまった。

これでは男を受け入れる姿勢と殆ど変わらない。

あまりの恥ずかしい姿に、もう良いでしょうとすぐに閉じようとした両足は、太腿を抱えるようにそれぞれをヒューゴの手に摑まれ、閉じるどころか更に大きく開かれる。

それこそ膝が、胸に付きそうな程深く。

「だ、旦那様……！」

「この姿勢は少し辛いか？　これでどうだ」

浮き上がる腰の下に、すかさずクッションが押し込まれる。

お陰で姿勢は幾分安定したものの、宙を蹴る足は不安定だし、腰の位置を少し上げられたせいでよりいっそうその場所が彼の眼前に晒される。

もはや、最初の傷の有無を確かめるなんて体裁すら取っていない。

ヒューゴの視線を意識する度に、ひくり、ひくりと男を誘うように蠢く襞の動きさえ観察されているようで、羞恥に頭の中が焼き切れそうになった時。

ヒューゴがカルディナの不安定な両足を肩に担ぐように身を屈める。

直後、ねっとりと秘められた場所に舌を這わされて、嬌声と共に背筋が弓を描いた。

「ひ、あ、あああっ‼」

肌を探られるのとは比べようもない強烈な快感が熱波のように襲い掛かり、下肢が跳ね上がった。

今までにも幾度かその場所に口付けを受けたことはあるけれど、こうもじっくりと舐められるのは初めてだ。

肉厚の舌は、カルディナの媚肉を味わい、襞の形を確かめるようにじっとりと這《は》い回《まわ》って、隠れていた花の芽や、入り口を舐め啜る。

頭の中を直接殴られるような強い悦楽に、幾度も腰が跳ねる。

膣洞が蠢く度に大量の蜜を吐き出し、ヒューゴの口元を汚してシーツに染みを作った。

「や、あっ……っ、あっ……！」

逃れようとしても腰をしっかりと抱えられてできない。

大きく目を剝いたその視界に何が映っているのかも判らないまま、痺れるような法悦にガクガクと腰を跳ね上げ、腹を波打たせて、あっけなくカルディナを頂上へと連れていく。

なのに達している最中さえもヒューゴは直接花の芽に嚙みつくように吸い付いてくる。

「だめ、駄目……！　おねが、い、休ませて……！」

目の前でチカチカと星が散り、身体の奥では立て続けに熱が弾けた。

それでもまだこれは始まりに過ぎない。

ヒューゴが舌先を尖らせ、しつこいくらいに花の芽に刺激を与え続けながら、はくはくとわななく入り口に指を潜り込ませてくる。

一度に二本、それも根本を埋めるほど深くまで。

同時に中から押し出されるように零れた蜜が更にシーツの染みを広げ、ヒューゴの指が動く度に、聞くに堪えない淫らで粘着質な水音を響かせ始めた。

指の腹で、とっくに知られた悦い場所を幾度も擦り上げられる度、カルディナの口からは断続的な喘ぎが零れて、止まることがない。

「あ、あ、ああ、いっ……！」

敏感な場所を愛撫される度にじわっ、じわっと高まり広がる熱と共に光が弾けて、身体が浮き上がるような感覚を受ける。

つい先程まで感じていたはずの羞恥は、どこかに消えていた。

気持ち良くて、気持ち良くて堪らなくて、もうどうにでもしてくれとさえ思う。

なのに内側に入った指をきつく締め上げても、物足りなさが拭えない。

その物足りなさは快楽を極める毎に強くなって、やがてもどかしさに腰が揺れ出すまでに時間はかからなかった。

「凄いな。中がうねっている。……だが、物足りなさそうだ」

その通りだ。

足りなすぎてもどかしい。

この内側を一杯に満たす存在が欲しくて、我慢できない。

僅かな理性が、自ら求めるなど恥ずべきことだと窘めてくるけれど……再び与えられた法悦を前にその理性は容易く瓦解してしまった。

「……旦那様、お願い……」

「お願いとは？」

何を求めているか判っているくせに問い返す今のヒューゴは意地悪だ。

だが判っていてももう我慢できなかった。

「足りない、の。お願いですから……辛いの……」

自ら両足を開いた姿勢のまま左右に腰を揺らす。

後で正気に返った時とんでもない羞恥に消え入りたくなるだろうが、今はどうでも良い。

「そこだけじゃ、なくて……もっと沢山、触ってください……」

喘ぎっぱなしの息が苦しい。

張り詰めた胸の先は、触れられてもいないのに既に限界まで尖って、モスリンの生地に擦れ疼いている。

もう何でも良いから、めちゃくちゃにしてほしい。

ヒューゴはまだカルディナの様子を観察するように見つめていて、動いてくれない。

募る焦れったさに、とうとう叫ぶような声が上がった。

「旦那様……ヒューゴ、お願い、もっと奥まで来て！」

その言葉を待っていたかのように、彼は下肢から自身の指を引き抜いた。

「ひっ」

その抜かれる刺激さえ、軽くカルディナを極めさせる。

栓をされていた場所から、音を立てる勢いで溢れ出るものがある。

その感覚に身を震わせている間に、彼の手がカルディナの胸元のドレスを摑み、半ば強引にデコルテを引き摺り降ろした。

「あなたのここは、本当に快楽に素直だな」

「あっ、んっ」

零れ出た乳房の頂上で充血し真っ赤に色を変えている乳首を指先で弾《ひ》かれ、またびくっと身体が揺れた。

かと思えばヒューゴは真っ白な乳房の片方をいささか乱暴に摑み、もう片方を食らうようにむしゃぶりついてくる。

ふるふると震える柔らかく弾力のある肉は容易くその形を変え、男の手や唇、舌を、そして視覚を楽しませているだろうか。

もう無垢な乙女とは言えない自身の身体に眩暈がする。

だけどそんな風にこの身体を作り替えたのは、目の前にいる夫だ。

「旦那様……旦那様……！」

触れられる度、舌を這わされる度カルディナは堪えようもなく甘い声で喘いだ。

ヒューゴはまだ衣装を身につけたままで、なのにその衣装を脱ぎ捨てることももどかしげに己の下肢のベルトを緩めると、トラウザーズの前を寛《くつろ》げて腰を押しつけられた。

それがようやくカルディナの入り口を捉えた頃、胸元から顔を上げたヒューゴが背筋を伸ばすようにして唇を塞いでくる。

「んんっ」

強引に割り入るように差し込まれた舌に、根本から強く自身の舌を擦り吸い上げられて、それさえもぞくぞくと背筋を震わす快感になってカルディナの全身を駆け巡る。

抱き締めたい、なのに手が自由にならない。

腕を封じられているだけなのに、それがこんなにもどかしくなるなんて知らなかった。

「外して、お願い……これを、外して……！」

唇を合わせ、舌を強く吸われたせいか、訴える言葉はどこか辿々《たどたど》しかった。

「痛むか？」

「あなたを、抱き締められないのが、辛いの……」

「おねだりが上手いな」

笑いながらヒューゴが彼女の手を結ぶクラヴァットを解いてくれる。

すぐに自由になったその両腕で彼を抱き締めると、再び口付けた。

「ん、あ、んん……」

ヒューゴの手に顎を捉えられ、より深く互いの舌が絡まり合う。

唾液の交換をする度に、飲み込みきれなかったものが口の端から溢れ、頬を汚す。

乳房が彼の身に纏う衣装に擦れ、それさえも官能の刺激となって胎内を燃え上がらせる。

じんじんと疼き続ける乳首は、もう痛いくらいに張り詰めていた。

「いやらしいな。淫らな花が咲き誇るようだ」

「……私を、そうしたのはあなたでしょう?」

「ああ、そうだ。誇り高くそして可憐な花を淫らに咲かせたのは私だ」

間近にある、大地色の瞳を声もなく見返したその時、待ち望んだ熱の塊がぐっと押し入って来る。

ひっきりなしに蜜を零すその場所に埋まる熱杭は、何の障害も苦もなく根本まで柔らかく呑み込んで、カルディナの最奥を突き上げた。

「あ、ああ、あっ!」

高い悲鳴に似た嬌声が上がる。

頭の中を殴りつけるような強力な快楽を前に、カルディナは知性を失った獣のように自らも腰を振り、押しつけ、より深く、もっと奥へと夫を呑み込もうとする。

ゴリゴリと子宮口を抉られて、目の前が真っ赤に、あるいは真っ白に染まった。

信じられない程のこの快感はどうしたことか。

身体の芯から溶かされて、自分という人間が内側から崩れ落ちて行くような錯覚に、恐怖さえ覚える。

「ヒューゴ、ヒューゴ様……ああ、あっ！」

怖い、と叫んで彼にしがみついた。

自身の胸元のボタンを引き千切るように衣服を緩めて、彼はそんな妻を抱き締めながらも、容赦なく激しい抽送を繰り返す。

円を描くように、あるいは押しつけ、擦り上げるように。

互いの接合部から飛沫《しぶき》を上げて零れる体液は、空気を含んで撹拌され、白く濁っていた。

ぐんぐんと、カルディナの全感覚が高く空へ引っ張り上げられるようだった。

そのまま上り詰めるのは怖いのに、身体の中心で燻る熱を解放したくて堪らなくて、彼の動きに合わせるように知らず知らずに自らも腰を揺すり続ける。

「いっちゃう、いく、あ、だめ、だめ……っ‼」

どこへ行くのか、何が駄目なのかも判らないまま、一気に駆け上がった。

びくびくと大きく全身を跳ね上げながら、渾身の力で雄に絡みつき締め上げる女の胎内に、とうとう耐えきれなくなったのか彼もまた熱い熱を吐き出す。

腹の中を満たしても、まだ足りずに溢れそうなほど注がれる飛沫に、カルディナの身体は痙攣《けいれん》を起こしたように小刻みに跳ねて、まだ忘我の極地から戻ってこられない。

「は、あ……はぁ……、ん、は……」

呼吸が苦しい。

全力疾走をした後のように息が乱れて、なかなか整わない。

荒い呼吸を繰り返しながらヒューゴにしがみついたままどれほどの時間が過ぎた頃か。

「あ、だめ、まだ行かないで……」

「安心しなさい、まだ終わりじゃない。終わらせられるわけがないだろう」

一度、ずるりとカルディナの身体から引き抜くように離れたヒューゴが、身に纏っていた全ての衣服を脱ぎ捨て、カルディナの腰回りに留まっていたドレスも引き抜いて、その身を俯《うつぶ》せに転がす。

夫を引き留めはしたものの、まだ法悦したままぼんやりとしていた彼女は、腰を高く持ち上げられ、背後からのし掛かられるまで、状況をよく判っていなかった。

「きゃ、あああああっ‼」

疲れ切った両腕が上体を支えられるわけもなく、腰だけを高く上げた姿勢で再び奥深くまで貫かれて嬌声が上がる。

両手が藻掻くようにシーツを摑んだのとほぼ変わらぬタイミングで奥を叩かれて、再び切羽詰まった喘ぎが漏れた。

「ん、んっ、んっ、あ、んっ！」

先程までとは違う角度で中を擦り上げられ、再び理性が飛ぶ。

そうしながら彼の手はシーツに突っ伏して潰された乳房やその頂きもひねりあげて、ひっきりなしに刺激の波を送り続けるのだからどうしようもない。

抽送を繰り返される度に伏せた身体が揺らされ、ぶわっと全身の毛穴という毛穴が開き、鳥肌が立つような快感がカルディナの全ての神経を溶かすようだった。

「カルディナ……」

名を呼ぶ声が甘く、それだけで身体の内側から身震いが走る。

立てられた腿の奥から、内股を伝い落ちていく熱い雫はやはり白く濁って粘ついている。

髪を乱し、全身を汗で濡らし、蛇のように絡み合って、二人は幾度も果てを迎えた。

時間さえ忘れて睦《むつ》み合《あ》い、繋がり合って、全て吐き出し気を飛ばす。

記憶が曖昧になる程に抱き合って、失神するように意識を落とすまで交合は続いた。

何事もほどほどが大事だとカルディナが身に染みて実感したのは、翌日、全身のあらゆる関節や部位が筋肉痛で呻いた寝台の上でのことだった。


「今までの、あなたに対する非礼の数々を心よりお詫びいたします。あなたにも、あなたのお国にも……大変なご迷惑をおかけしたと反省しています」

王太子であるリオンから正式な謝罪を受けたのは、事件があった数日後である。

あれから全ての事情をヒューゴから知らされたリオンは、さすがに青ざめたらしい。

彼の正義は全て『ルジアーナの王女は悪である』という前提に基づいていたものだった。

それが全て覆された今、そこには彼の正義は何一つ残らない。

今更謝って済むことではないが、せめて謝罪したい、と王太子が望んだ結果、彼女は来賓として城へ招待され……こうして頭を下げられたのだ。

「どうぞお顔を上げてくださいませ。王太子殿下ともあろうお方が、そのように簡単に頭を下げてはなりません」

「いいや。簡単に、ではない。俺は本当に心から反省を……」

「だとしてもです。あなた様の振る舞い一つで、他者はベルスナーという国の力量を測ります。一目置かれるか侮られるか、あなたの言動に掛かっていると言っても過言ではないのです」

謝罪のお気持ちは有り難く頂戴いたします、と続けて微笑むカルディナの表情に、リオンはまるで捨てられた子犬のような表情で顔を上げると項垂れた。

カルディナの隣でやれやれと言わんばかりに小さく息を吐くヒューゴだが、どこか彼がホッとしているようにも見えるのは気のせいではあるまい。

「元々は悪い噂を流された私の責任でもあります。謝罪のお気持ちは、殿下を心配なさる他の方々に報いる形で向けてください」

「……そうですね。あなたの仰るとおりです。今一度、自分の立場や責任というものをよく考えてみます」

こうしてリオンと和解したカルディナだったが、その一方でセドリックやチェスター達の処分に対しては国内でもいささか揉めた。

ベルスナーとしては面倒事を抱え込むよりもルジアーナに突き返して、そちらで処理してほしいのが本音だ。

しかし彼らが危害を加えたのはロックウォード公爵夫人とあって、容易に帰国させることも、大々的に処分することもできない。

「検討した結果、マクネイアー卿一行は全ての身分と財産を剝奪《はくだつ》後、北の辺境へ流刑とすることになった。ルジアーナ女王陛下の同意もいただいている」

「お心を砕いてくださったこと、感謝申し上げます」

「ただグリード卿は最後に自供したことで多少の情状酌量がなされ、ルジアーナへの帰国が認められた。恐らくルジアーナで刑罰を受けることになるだろう」

そして彼らが表舞台に戻ってくることは二度とない。

こうして長く続いた事件はひっそりと幕を下ろすこととなる。

カルディナの元にルジアーナのとある人から手紙が届いたのは、これらの事件から半年ほどが過ぎた頃のことだ。

『ありがとうございます』

と、短い礼の言葉と共に記されていたのは、過去の事件以来疎遠になってしまっていたかつての友人だった令嬢の名。

真っ白なレース模様があしらわれたその手紙を丁寧に封筒に戻しながら、カルディナは優しく膨らみ始めた自身の腹をそっと撫でるのだった。

終章

それから五年の歳月が過ぎた。

カルディナとヒューゴの仲は変わらず良好で、今やおしどり夫婦という言葉はこの夫婦を指している。

嫁いで来た当初に流れた悪女云々《うんぬん》という噂は過去の笑い話となり、彼女は今や全ての貴婦人達のお手本として尊敬を集めている。

あれから色々なことがあった。

中でも一番大きな出来事は、一連の己の行動を顧みたリオン自身が、自分には国を治める王としての才能がないと宣言して、自ら王太子の座を降りたことだ。

もちろんその宣言には大変な騒ぎになったが、致し方ないと納得する意見も多かった。

リオンが国にもたらした損害と混乱はあまりにも大きい。

またこのまま彼が王となったとしても、カルディナの子が王位を継がなければ、彼女の死後、ボルノワ領を返還しなくてはならないという問題は最後まで残る。

それまでにルジアーナと交渉してボルノワ領を平和的に取り戻せる保証はない。

将来リオンの子とヒューゴの子とで王位争いが勃発する大きな問題を抱えるくらいなら、今のうちにリオンに引責という形で王太子の座を退かせて、ヒューゴに玉座を任せた方が良い、と言う意見が目立ち、これに王や王妃も同意した。

唯一ヒューゴ自身は渋ったが……最終的にはリオン自身に、

「いつも済まない。これを最後の我が儘にするから、どうか頼まれてくれないか」

と頭を下げられ、国のためならばと受け入れた。

そして昨年、ヒューゴが正式に立太子の儀を経て王太子となり、これによりカルディナは結局、随分遠回りした形にはなったが、当初の約束通り王太子妃となった。

「国王陛下や王妃様からすれば残念な結果ではありますが、リオン様の恋人の令嬢にとってはこれで良かったのかもしれませんね。公爵でも男爵令嬢からすれば雲の上の人ですが……王太子の時よりは結ばれる可能性がありますもの」

カルディナは素直にそう思ったが、しかしここで返ってきたヒューゴの返答は予想外のものだった。

「その話だが、結局破局なさったんだ。男爵令嬢の方が、自分のせいでリオンが王太子の座から降ろされてしまったと気に病んだらしく、求婚を辞退されたそうだ」

「まあ……」

「そして結局、別の貴族の元へ嫁ぐことになったらしい」

そのショックからリオンは随分落ち込んでいるようだが、無理もない。

王太子の地位を失い、恋人まで失ったのだ。

「それは……まあ、なんと申しますか……お気の毒ですわね」

だがそれらの問題を押してもあなたと結ばれたい、と思わせられなかったリオンの力不足でもある。

致し方ないだろう。

チェスターの恋人だったエルシーも、事件直後は随分と気落ちして引きこもりがちになっていたそうだが、最近ようやく別の男性と結婚した。

今は人妻としてやはり幸せに過ごしているようで、何よりである。

そしてカルディナとヒューゴの二人といえば。


晴れた初夏。

庭に設置された安楽椅子に、薄い水色のシフォンドレスに身を包んだカルディナはゆったりと腰を下ろしていた。

ドレスがゆとりのあるデザインなのは、出産してまだ日が経っていない身体を酷使しないためである。

その腕に抱えられているのは、春に生まれたばかりの小さな息子だ。夫と同じ黒髪と、カルディナと同じ深緑の瞳を受け継いだ赤ん坊は、このまま行けば未来のベルスナーの王となるだろう王子だ。

ゆっくりとその身体を揺らしてやると、可愛らしい笑い声が上がった。

「良く笑う子ね、あなたは」

母親の言っている言葉が判っているのかいないのか、赤ん坊はまた笑い声を上げる。顔を寄せ、その額に口付けてやると、小さな手がカルディナの頬をぺちぺちと撫でた。

その様子が堪らなく可愛い。

伸ばしてくる小さな手を、ついぱくっと口の中に入れてしまう。

するとまた小さな息子は楽しげに笑い……。

「ふふ。可愛い」

食べてしまいたいほど可愛いという言葉の意味を、親になって初めて知った気がした。

そんなカルディナの元へ庭の向こうから歩み寄ってくる男性がいた。その腕には三、四歳ほどの小さな女の子が抱かれている。

こちらは母親に良く似た髪色と、父親と同じ色の瞳を持つ娘である。

このところ雨続きで外に出られずふて腐れていたけれど、久しぶりに気持ち良く晴れ、庭に出た途端に転がるようにどこかに走り出してしまった元気な王女様を追ってくれたのは、その王女の父であるヒューゴだ。

「おかえりなさい、旦那様。どこまで行っていたの？」

「噴水まで。危うく水の中に転げ落ちそうになっていたところを捕まえた。全く、君によく似て行動力の高い子で、将来が心配になる」

「あら。女は大人しく淑やかに微笑んでいれば良い、なんてもう古いわ。多少お転婆《てんば》でも、自分の意思を持って自由に生きてくれる方が良いわね」

「自由に生きるのと、無茶をするのとは全く別物だ。あまりそそのかさないように頼む」

見れば娘は遊び疲れたのか、父親の腕に抱かれてすっかり夢の世界に旅立っているらしい。

手元に視線を落とすと、つい少し前まで機嫌良く笑っていた息子の方も、うとうととし始めているようだ。

「子ども達を寝かせてきましょう。運んでくださる？　旦那様」

それぞれに腕に我が子を抱きながら室内へ移動し、子ども部屋へと寝かせてやった。

幸せそうに眠るその顔を見つめ、カルディナもまた幸せそうに笑う。

子ども達を見下ろすヒューゴの眼差しも優しい。

結婚してから今まで、彼は変わらず妻を愛し、生まれた子ども達も愛し、良き夫、良き父親として守ってくれている。

それだけでカルディナにとっては何より幸せだ。

王や王妃も産まれた子ども達を実の孫のように可愛がってくれているし、城を出たリオンもたびたびやってきては相手をしてくれている。

周囲の人々に愛され見守られて、子ども達はのびのびと成長していくだろう。

「近いうち、ルジアーナにも挨拶に行きたいな。子ども達の顔を、女王陛下にもお見せしたい」

「そうですね。弟も大きくなったでしょうし、里帰りも悪くありませんね」

両親や弟に我が子の顔を見せてやりたい。

もう少し息子が大きくなって長距離の移動に耐えられるようになったら、本当に一度里帰りをしようか。

隣で我が子の顔を見つめながら穏やかに微笑む夫の顔を見つめ、カルディナは更に笑みを深めた。

かつては悪女と呼ばれた自分が、こんな幸せな時間を過ごせるようになるなんて思ってもいなかったと、今は昔となった過去を思い出しながら。

そのまま、そっと夫の身体に身を寄せる。

「どうした」

彼女を受け止めるように肩を抱き寄せて、問う夫を見上げ。

「幸せだなと思っただけです。愛しているわ、旦那様」

白く小さな花が咲きこぼれるような笑顔を浮かべるカルディナに、ヒューゴも笑い、そして腕に抱き締めながら告げた。

「私も愛しているよ。奥方殿」

ベルスナー王国の繁栄とルジアーナ王国との友好は、その後も長きに亘って続いていくのだった。

あとがき

はじめまして、こんにちは。逢矢沙希と申します。

ヴァニラ文庫さんでは初めて書かせていただきました。この度はお手に取っていただきありがとうございます！

普段から愛読していた憧れのレーベルさんで書かせていただけるとは思ってもいなくて、正直お声がけいただいた時はとても驚きました。

細々とでも執筆を続けていて良かったなあ、としみじみと思います。


今作は流行の悪役令嬢、ならぬ悪役王女にチャレンジさせていただきました。

立場とか身分とか過去の事件等々色々あって、不器用で甘え下手なヒロインですが、個人的には書いていて大変スカッとするヒロインに仕上がったと自負しております。

一方でそのお相手をどうするかと考えた時、メインカップル二人揃って突っ走るタイプだと息を吐く暇もないので、ヒーローには安定の懐深い大人な男性をご用意いたしました。

甘やかし上手な落ち着いた大人ヒーロー、大好きです。

決して自己主張が激しいわけでも、派手なタイプでもないのですが、ヒロインを大らかに見守りつつ、甘やかすところで甘やかす。

でも叱るところでは叱ってヒロインの手綱をしっかり握っている、みたいな。

最終的に頼りになるのはこういうタイプじゃないかな、と思っています。

執筆当初からイラストレーターさんは芦原モカ先生と伺っておりましたので、どんなヒーローとヒロインに描いていただけるのかとても楽しみにしていました。

想像以上にお似合いのカップルに描いていただけて、イラストを眺めながらの校正作業中は、多分相当怪しい人になっていたと思います。

美麗なイラストを本当にありがとうございます！

また本書の執筆にあたって、アドバイスやサポートをいただいた担当様に関係者の皆々様、そしてご覧くださった読者様に深くお礼申し上げます。

少しでもこのお話を楽しんでいただけたら、作者としてこの上ない幸せです。

是非また別の作品でもお目にかかれますように願っております。

逢矢沙希

原稿大募集

ヴァニラ文庫では乙女のための官能ロマンス小説を募集しております。
優秀な作品は当社より文庫として刊行いたします。
また、将来性のある方には編集者が担当につき、個別に指導いたします。

◆募集作品

男女の性描写のあるオリジナルロマンス小説（二次創作は不可）。
商業未発表であれば、同人誌・Web 上で発表済みの作品でも応募可能です。

◆応募資格

年齢性別プロアマ問いません。

◆応募要項

・パソコンもしくはワープロ機器を使用した原稿に限ります。
・原稿は A4 判の用紙を横にして、縦書きで 40 字 ×34 行で 110 枚 ~130 枚。
・用紙の 1 枚目に以下の項目を記入してください。
①作品名（ふりがな）/②作家名（ふりがな）/③本名（ふりがな）/
④年齢職業 /⑤連絡先（郵便番号・住所・電話番号）/⑥メールアドレス /
⑦略歴（他紙応募歴等）/⑧サイト URL（なければ省略）
・用紙の 2 枚目に 800 字程度のあらすじを付けてください。
・プリントアウトした作品原稿には必ず通し番号を入れ、右上をクリップなどで綴じてください。

注意事項
・お送りいただいた原稿は返却いたしません。あらかじめご了承ください。
・応募方法は必ず印刷されたものをお送りください。CD-R などのデータのみの応募はお断りいたします。
・採用された方のみ担当者よりご連絡いたします。選考経過・審査結果についてのお問い合わせには応じられませんのでご了承ください。

◆応募先

〒100-0004　東京都千代田区大手町 1-5-1　大手町ファーストスクエアイーストタワー
株式会社ハーパーコリンズ・ジャパン　「ヴァニラ文庫作品募集」係

悪役王女は
婚約破棄されたけど隣国の
公爵に溺愛されました

Vanilla文庫

2022年5月5日　第1刷発行　定価はカバーに表示してあります

著　者　逢矢沙希　©SAKI OUYA 2022
装　画　芦原モカ
発行人　鈴木幸辰
発行所　株式会社ハーパーコリンズ・ジャパン
東京都千代田区大手町1-5-1
電話　03-6269-2883（営業）
0570-008091（読者サービス係）

印刷・製本　中央精版印刷株式会社

Printed in Japan ©K.K. HarperCollins Japan 2022 ISBN978-4-596-42896-7